déc
io

pignata
ri

décio
rosto
dapignata
rimemória

Ateliê Editorial

Copyright © 2014 by Dante Pignatari

Direitos reservados e protegidos pela Lei 9.610 de 19.02.98.

É proibida a reprodução total ou parcial sem autorização,
por escrito, da editora.

1ª edição, Brasiliense, 1986

2ª edição, Ateliê Editorial, 2014

Dados Internacionais de Catalogação na Publicação (CIP)
(Câmara Brasileira do Livro, SP, Brasil)

Pignatari, Décio
    O rosto da memória / Décio Pignatari. – Cotia, SP:
Ateliê Editorial, 2014.

    ISBN 978-85-7480-690-7

    1. Contos brasileiros   I. Títulos.

14-09393   CDD-869.93

    Índices para catálogo sistemático:
1. Contos: Literatura brasileira
    869.93

Direitos reservados à
ATELIÊ EDITORIAL
Estrada da Aldeia de Carapicuíba, 897
06709-300 – Cotia – SP – Brasil
Telefax: (11) 4612-9666
www.atelie.com.br / contato@atelie.com.br

2014
Impresso no Brasil
Foi feito o depósito legal

sumário

13 frasca
43 noosfera
47 jacentes!
53 pháneron
61 incipit
65 pessoinhas
71 franquisténs 1
75 franquisténs 2
79 teleros
85 o que chopin 1
89 o que chopin 2
95 aquelarre
147 notas visuais
157 biografia

quaedam catervatim se proruunt et, dum aliud petitur et quaeritur, prosiliunt in medium quasi dicentia: "Ne forte nos sumus?". Et abigo ea manu cordis a facie recordationis meae, donec enubiletur quod volo atque in conspectum prodeat ex abditis.

["outras (imagens) irrompem aos turbilhões e, enquanto se pede e se procura uma outra, saltam para o meio, como que a dizerem: "não seremos nós?". Eu então, com a mão do espírito, afasto-as do rosto da memória, até que se desanuvie o que quero e lá do seu esconderijo apareça à vista."]

Santo Agostinho, *Confissões*, X, 8 (trad. J. Oliveira Santos, S. J. e A. Ambrósio de Pina, S. J., revista por Lúcio Craveiro da Silva S. J.).

Tudo o que de amor soubera até então e tudo o que haveria de saber pareciam desligados do impulso que a levava completa para o Frasca, paixão que, antes mesmo de qualquer toque físico, já o superava, a ele,

O sábado de man
Osasco, neblina de
já cheirava a magr
Recreativo, onde a
jardineira, amanhe
à Maria Regina, de
-leito de bilhar, car
de dentro das casa
vinham coisas que
Depois que foi des
folhas úmidas e ca
fizeram um buraco
dando para a chác

a primavera de
to luminoso,
do Centro
inco anos, de
grudado por trás
lesa, na mesa-
al, risadas, mas
omo de corpos,
isa e a luz. Como?
açada no chão de
podres de abril,
muro dos fundos
do meu avô,

frasca

> Yo canto
> la muerte que no tuve.
>
> LORCA, *Así que pasen cinco años.*

Era ali, a alfaiataria: Rua da Estação, 11. Ao lado, dera-se, antes, no tempo do bar do Celso, filho de dona Ínes, Ínes, dizia ela: não confundir com Agnese, *strega* de luto que vive na Cartiera, fábrica de papelão, Carteira para todo mundo, mulher de Ricardo, isso mesmo, o da feia cicatriz no rosto, chicoteou o menino que corria atrás da aranha

Dera-se na segunda casa daquele trecho com recuo, um dia esta rua será bastante larga (mas a decrepitude chegou antes), morava a gente do "maestro" Francesco, sapateiro. Naquela manhã, sol e neblina (namoravam por um buraco do muro no fundo do quintal), você na calçada foi o primeiro a ver do outro lado da rua o sargentinho, coturno e polaina, varinha espiralada verde-branca na mão direita (gostava de estalar o rebenque na bota), e do lado de cá, já com outras caras espionando pela quina da parede do bar, a porta ondulada de ferro a um metro do chão, revólver dando tiro, na mão de alguém ajoelhado, *madonna*, que ginástica, comentou a Bruneta polaca, do fotógrafo, quando lhe contaram da cena brasileira de sedução, a cerca tendo atrás uma pilha de dormentes, o sargento rebolando gingando para percussões só a ele ritmáveis ou a batuta invisível, quepe e joelhos dançando e, desabado, sem culotes, na poltrona da farmácia do Vasco, esquina com o Largo, dois buraquinhos vermelhos nas banhas e pelos das coxas, olhar do Frasca

Gostava de Julieta. Quando estourava a boiada, ou porcada, e ainda dizem que isto é bairro de São Paulo, Parafuso, chefe da banda *O Galo Preto*, o filho adotivo de Antônio Menck, atarracado se atirava nas pernas do porco fujão, sob as minhas pernas, não entendendo pelo reflexo da vidraça que se abria para fora como era possível passar a mão na perna sem passar, lá ia o Abilito pinchando-se no leitão, quando o Hugo, filho do outro sapateiro, José Brasileiro, mais o irmão Mílton, a irmã Neide de cócoras arregaçando a saia do vestido, e o Pedro Bananeiro, puseram-se a jogar tampinha na minha calçada, frente à janelita gradeada de ferro do porão, o Hugo botinudo exigindo de volta as chapinhas grandes de alumínio, garrafa de leite, valiam mais, nunca perdia, perdeu-se, sabichão, não pôde continuar os estudos, casou-se, não sabia que ofício ter, ficou leproso, morreu jardineiro na colônia de morféticos de Pirapitingui, SP, 1947, esperneando a noite inteira e gritando para as telhas: Eu sou Hugo, quem sois você

Feiosa a italianinha loiroa e sabugosa que deu para o sargento Cléris, Ângela, o velho calvo, entrevado, bigode de fumo viúvo escorrendo sobre a sapateirice de todos os dias da vida, o irmão da honra Alberto dando estrilo casa adentro, a outra irmã Pascoalina não entendendo quase nada mas de tudo fazendo parte, e você de olho inacreditável na porta de ferro baixada, mão e revólver

24 anos, testa já entrando pelos castanhos cabelos lisos, disse ao Arlindo, sócio no negócio, irmão da Julieta: precisamos fazer vitrinas. Ficou tudo armado: proscênio, palco, bastidores. À direita e à esquerda, manequins; a porta nobre, ao centro; então, o lugar de trabalho, oficina, atelier: três máquinas de costura, uma bancada de corte, balcão; uma divisória de prateleiras para as peças de tecidos. Atrás desse atrás, por um vão de batente de porta sem porta, as coxias, onde se fumava e onde se contavam casos de pernas de mulher se abrindo

O sábado de manhã na primavera de Osasco, neblina de mato luminoso, já cheirava a magnólia do Centro Recreativo, onde aos cinco anos, de jardineira, amanheceu grudado por trás à Maria Regina, de tirolesa, na mesa-leito de bilhar, carnaval, risadas, mas de dentro das casas, como de corpos, vinham coisas que a brisa e a luz. Como? Depois que foi descabaçada no chão de folhas úmidas e caquis podres de abril, fizeram um buraco no muro dos fundos dando para a chácara do meu avô, Pietro Michelli, tirando e pondo tijolos, ralando joelhos e braços, sangrando dedos, mãos, pulsos nos restos de cacos de vidro de cima, ela sempre querendo um beijo primeiro, que postal mais lindo aqueles olhos verdes e os cabelos crespos, só então virava, que de outro jeito não dava

Tudo muito caro, os três manequins usados guilhotinados na cintura erguiam-se sobre pedestais de madeira torneada, negro esmalte, massa cor-de-rosa, bigodilhos Robert Taylor, e os medonhos buracos escuros às costas, cabia um punho, lascas nos queixos, narizes. Cantava imitando Almirante / Noel:

> A minha força bruta reside
> Em um clássico cabide
> Já cansado de sofrer

Rua da Estação, fita de bitola estreita ao longo dos trilhos da Sorocabana, atrás o barreiro, Cia. Cerâmica Industrial de Osasco, onde se afogou o Jacaré. Vento frio, nuvem algodão embebido em cinza, chega Amílcar sob os olhos da minha janela, Frasca mirando Jaraguá: enrascou-se em arames farpados, o Jacaré, ou preso no lodo do fundo, nadava bem

Alfaiataria e rua olhavam para o norte, Jaraguá, arco do sol vindo de umas quatorze chaminés da Cerâmica, à direita, até, à esquerda, as colinas do Granada, fósforos, da Comafe, falida, hoje Cobrasma, passando pelo bairro do Maneco, do outro lado da linha, pela Soma – Cia. Sorocabana de Material Ferroviário. Olhava de dentro, Frasca, de fora nada se via, gruta de vidros e vitrinas, só fazendo pala com a mão, sombra, sem saber se havia gente olhando de dentro, micagens da criançada, Hilda colou a bundinha de nove anos no vidro, rosa de aquário

Névoa azul, manhã, estreia na alfaiataria pela mão do Arlindo, que se casaria com a mais bonita moça vinda de fora, balconista do Mappin, blusa branca de seda, mangas compridas, carne clara, peitos firmes como pernas, Paula.

Sim, Frasca, mas não há razão para não dizer que o morro de Jaraguá osasquense nada tinha a ver com aquele que se via da varanda ocidental da Avenida Paulista, a cavaleiro do Pacaembu, dromedário do Afonso Sardinha, corcovas na contraluz de poentes roxos enormes, à cuja sombra Osasco se acaipirava com dois anúncios luminosos, o da Casa Sarkis, uma das duas lâmpadas armênias queimadas, um dos lados da caixa de celuloide derruído, Rua Erasmo Bragra, 21, na Várzea, ou Presidente Altino, além da porteira do Largo, a leste, e o da justamente Alfaiataria Tonato & Frascati, Julieta estava dando uma mão nua numa entretela de enchimento de ombro para um jaquetão- -tarzã-filho-do-alfaiate: nada mais viu senão o homem recortado à luz, ombros retos, cabeça redonda, um dos braços em movimento / posição estranho / a fumava com a esquerda, ao soltar tragada, projeção de cinema

De que vale a vida sem para sempre? Quem disse que a gente não sabe da vida dos outros? Tinha nove anos, quando, puxado pelo braço, acompanhou a mãe, Ondina, apertada, à casinha, tábuas, latrina, combinação de lingerie salmão, calcinha esticada como ponte pensil entre joelhos, ligas comprimindo coxas, rendas, mijo ciciando: fecha aí, meu filho: correndo para pegar a jardineira da uma, Gentil na direção, de Barueri a Pinheiros, vidros partidos nas janelas, poeira, a Rua da Estação parada como ele, no portão

Quando a mão do anel verde-esmeralda veio da luz para a meia-luz: Prazer/Puxa, é a cara do Raul Roulien. Colete, um sorriso que não era de Osasco, a mão escorreu da sua como que para as virilhas de sua alma. Ficou vermelha. Ele, branco: Mário Frascati, ao seu dispor.

Mudara-se criança para São Paulo, grupo, ginásio, dois anos no bazar do Juca, bairro do Bom Retiro, e sete na alfaiataria do Ribeiro, Rua Aurora, os fregueses, quase todos casados, não por coincidência habitués da 98, casa fina, Madame Phyllis (*"plus avare que tendre"*), aonde ia a toda hora para mil coisas e recados, incontavelmente seduzido por uma penca de risos e tetas e calcinhas e axilas perfumadas, depiladas, não depiladas

Não que eu não estivesse viciando-me em vida no peitoril da janela, gostosamente tentando apanhar, como mosca, o reflexo do joelho no outro lado da vidraça, enquanto Frasca se aplicava à específica tarefa de pregar mangas de paletó, ao bom dia do Jaraguá azul, a bruma de luz despregando setembro da terra com o primeiro giro de manivela de Ântimo no seu caminhãozinho, no momento em que o Tidinho (Aristides Colino Jr.), em sua bicicleta de guidão baleiro, parou à minha frente, lá embaixo, embora eu já não morasse no Sobrado e só o tempo nos separasse, ergueu o topete sacana: O narizinho enganador Pinóquio Tucano, Slim Summerville Jimmy Durante, onde é que você escondeu o quinguecongue da Fay Wray

Fascinado por tudo quanto fosse de mulher, como dorme, acorda, se lava, veste, despe, ergue um braço, põe talco nos pelos, passa limão nas unhas, batom, a desordem de dentro para a ordem de fora, se perfuma e senta, papelote, sacode a cabeça, se vira ao espelho para pôr um brinco, cruza as pernas, gruda as coxas sob o vestido, imita criança e bicho nas chispas azuis dos olhos maravilhosos (Vou comer o teu pintinho!), muda de voz quatro vezes por dia, calça meias se afagando, limpa o mijo pela frente e a bosta por trás, faz aquele barulho de vida correndo no corredor, respira e suspira inteira no corpinho ou no sutiã, vem como quem sempre chega de repente, vai como quem parte para sempre: Cora, Matilde, Brasília, Vera, Gladys, Anita, Diva, Lílian, Irma, Marjorie, Cleonice, Ana, Bianca, Joaquina, Rosa, Glória, Eunice, Emília, Zilda, Iolanda, Antonieta, Tecla, Nair, Irene, Carolina, Carminha, Haydée, Helena, Otília, Letícia, Leda, Cecília, Isa, Dorly, Stella, Leonor, Blanche, Elisa, Laura, Dulce, Neide, Lourdes, Lucila, Celina, Sílvia, Judite, Heloísa, Wanda, Beatriz, Zilá, Léa, Lúcia, Déa, Isabel, Teresinha, Amanda, Rita, Luísa, Vitória, Nely, Olga, Ida, Rosita, Maria Regina, Marta, Sara, Amélia, Virgínia, Aurélia, Zuleica, Lucíola, Gilda, Iracema, Isaura, Francisca, Edith, Berenice, Dilá, Ivete, Olímpia, Nancy, Marieta, Odete, Marília, Inês, Ju

Gente há bastante, pessoas nem tanto, Frasca na caminhada final lembrando o Dr. Juvele, primeiro a praticar auto-hemoterapia naquelas bandas de São Paulo, monomaníaco, dizia a esposa-enfermeira (Não estou interessado no Brasil, mas na vida), em matéria de gentes e pessoas: aos moribundos, aos recém-finados, ao Oswaldinho Louco, ao Luís Jardim com buquê de mato na lapela, a crianças, a um mocho, a um mico do vizinho, a um papagaio, a Jesus crucificado, a um espermatozoide na lâmina do microscópio, ao próprio corpo do Frasca que ainda esquentava o cimento, perguntava: Você é pessoa

Quando Zilda disse que tinha sido de tiro no coração, dois tiros, mas pelas costas, abraçado ao manequim, viúva moça, incêndio no laboratório do Granada, Aldo, empalhador de bichos e pássaros, Amílcar e eu entramos naquela tarde de sala sempre obscura, gavião de asas abertas, preguiça em galho, jaguatirica subindo em torso de tronco para assustar com olhos de vidro os noivos do retrato, o Pinha desceu do trem, ajuntamento na alfaiataria, Tomé guardacivilando o vazio emocionante da porta, ambulância, carro de polícia, por um lance de espelho eu vi a cabeça de esmalte de bruços sobre o seu pescoço como um Bela Lugosi, olhos para cima também manequins, um deles um pouco mais fechado

Tudo o que de amor soubera até então e tudo o que haveria de saber pareciam desligados do impulso que a levava completa para o Frasca, paixão que, antes mesmo de qualquer toque físico, já o superava, a ele, toque, por tedioso e insuficiente, de modo que o simples estar na tarde, o simples contar as chaminés da Cerâmica, a abotoadura de madrepérola no punho engomado de cambraia, o sorriso dental: cuidado: quando tropeçara no meio-fio, de sem jeito, com Nair, Nice, Iolanda, Vera na calçada, naquele fim de tarde de fim de semana, vindo lá de dentro: E você, Frasca, de quem é que gosta? Voltou, veio carregando com algum esforço o espelho de prova e o ajeitou diante dela, absurdo cinema metafísico, quanta risada, vida, vergonha, quanto amor, já era mais do que a morte

Nem se diga que naquele sábado, setembro 1939, Largo de Osasco, terra fresca molhada luminosa em volta do coreto carbonizado por instigação dos camisas-verdes trans-respirando lembrança do começo das coisas, não tenha vindo correndo aquele pinguelão de boné, descalço, calças curtas, sardento com tripé de pau às costas, atrás de uma pomba que vinha do Sobrado, arranha-céu da infância, Pedro Alemão, Milesky, depois aviador amador doido, assassinado em sua casa por um ladrão vinte e oito anos depois, filho do fotógrafo polonês, repórter americano rumo ao local da tragédia

A blusa verde de crepe da China, o jabot que avançava palpitante, unhas como pregos rosados na pele, perfume nos olhos molhados, pernas na saia de pregas pretas, sapato de verniz, boca passando rachada e trêmula pelo ar dos ouvidos: E agora, o que é que eu vou fazer, Bi? O Bi não sabia. Preferiu ficar por ali mesmo, bebendo ar de luz, à espera da aventura do dia, a que fazia a vida, Amílcar ou Nilo, primos, moreno e louro. Vieram os dois: Ô Tucano, vamos no enterro. Tem bala no túmulo do japonês

Gin, coisa estranha, é o que havia no cantilzinho americano do Frasca, que logo desbabelava com duas gotas. O morto vertical e o seu cortejo sucinto, na altura do Odália, pai do Nilo, barbeiro marselhês de velhas lutas anarquistas, greve da Vidraria Santa Marina, Edmondo Rossoni, naquele exato momento ministro de Mussolini, Oreste Ristori, a quem meu pai deu cigarros, pensamentos saburrosos:

1. Cavalo castrado fode com a cabeça
2. Por que pensomos?
3. O tempo passa por cima da gente

4. As coisas não vem umas depois de outras, mas umas de dentro das outras

5. O corpo da Ju só faz aumentar

6. Tenho ciúme da vida

7. A minha cabeça gostaria de ficar parada como um beijo

8. Eutuelenósvóseles: por que não há uma quarta pessoa?

Um pesadelo do Frasca: Pedaços de carne suspensos numa sopa. Uma boca de carne dizendo: O que é que você está esperando? Um ossobuco, no fundo gorgolejante, replicava: Não se apresse

Lembranças do Frasca:

1. Nancy = peido na mão

2. Norma = rascou-me a cara com a unha do dedão do pé

3. Lourdes = peitinhos moles

4. Wanda = cuzinho empoado

5. Maria Luísa = sovaco loiro

6. Edith = de capa azul e sem calcinha

7. Lola = língua na sobrancelha

8. Lydia = coração-goela

9. Anita = sempre de costas, de nuca e de bunda

10. Maria = só de vestido

11. Carolina = mão suada

12. Sebastiana = coxas brancas, canelas pretas

13. Sarah = mijo e olhos azuis

14. Bianca = meu tesão de gripe

15. Rosa = no escuro, vela na mão

16. Yvonne = queria me dar a alma

17. Emília = enxugava com os cabelos

18. Cordélia = anã-gigante

Dezessete anos sérios, Pinha achou que o jeito de ser adulto em companhia-cortejo era ter espírito:

– A quarta pessoa vem aí.

Do cu negro do pontilhão sob trilhos, pelagroso, sem sobrancelhas e careca de um lado, vindo das bandas do Maneco, entre o barreiro da Cerâmica e a farmácia do Pedro Fioretti, onde a Rua André Rovai parava e para, já pulando a cerca, arranhado, gago e cuspinhento, o Tidinho (Aristides Colino Filho), trauteando "Frasquita", foi logo:

– Ô Frasca, é verdade que manequim bate punheta? Xingaram, atiraram pedra e bosta de vaca, escorraçaram, todo mundo rindo juventude-noite

Cai, braço na pala verde de quebra-luz esmaltado suspenso, lâmpada toca gongo de luta de box, amarelo em silêncio, cabeça Frasca estala grade pedal Singer, vulto maneta perneta debruçado sobre súbito cadáver, fumacinha pistola esvoaça/ não esvoaça ao badalo da luz

– Falo de eutunósvóseles, mais o você, mas meu tio-avô Eufórbio vociferava a noção de uma quarta pessoa, a que não se fala em vida: Como diria Davi, o salmista, converter noite-se em dia-se, no meu prazer meio-se a vergonha tuava!

– Estas são as minhas dívidas: pague ao Parafuso três copos de vinho no armazém do Melli, o Corinthians perdeu; cobre ao sargento Picança a fivela que ganhei no vinte e um: e diga a ela que eu lhe fico devendo o véu e o céu

Os três, depois de espantar vacas na Rua Preta, que saía da passagem de nível do Maneco rumo à rua do menino que morreu no atentado ao Júlio Silva, João Batista, isso mesmo, poças e bostas, escuros, terras e céus, na casa da primeira quase-esquina, entre cidade e descampado, Tulinho Menck se havia castrado e trucidado a talhos de navalha, sangue do saco até o teto, unhas vermelhas pelas paredes, última esporrada de seminarista, enfim a rua iluminada do menino, o pai, Júlio Silva, tendo trazido a luz elétrica, Partido dos Marmeladas, doceiro na Lapa, fúria do coronel Delfino Cerqueira, que mandou construir o coreto. O único homem bom, mataram! Ninguém mais pôs um poste (meu tio Paulo, lavando as mãos de técnico-mecânico do Frigorífico Wilson, ex- Continental, na água magnífica da jarra floreada de porce... – já a minha tia Antonieta vinha com a toalha de alfazema)

Pensamentos de Frasca, junto ao primeiro poste de luz:

1. Mulher é como árvore podada: uma buceta em cada cicatriz.
2. Eu eu eu: diga isso três vezes embaixo d'água verde-azul, olhos abertos, borbulhas na cabeça e descubra o mistério do não-eu.
3. Tu tu tu... mas o Tidinho, de novo, chegou por trás e, tocando rápido com o indicador duro nas omoplatas, esquerda e direita, depois escorregando pela espinha até a bunda: 1 osso 2 osso 1 reguinho um poço!

Enormes, quadrados, aroeira, estrias escalavradas ao longo, no tempo e nas mãos, empunhando ao alto palas esmaltadas verde-branco, ondulando lâmpadas de filamentos arabescos, uma sucessão de patíbulos alongando e encolhendo a noite da sombra caminhante, forcas no asfalto, à direita, subindo a colina do Granada, rumo ao chalé do banqueiro, Giovanni Bríccola (GB: desenho na *ferronnerie* da porta principal: Ganho no Banco e Gasto na Buceta), depois propriedade do Barão Sensaud De Lavaud, o filho com a russona *cabaretière* de Paris, Sacha, Chachá dizia minha mãe costureira dela no chalé, Dimitry, meu pai ajudou a carregar o motor, e gritando na largada do morro do Granada – *Je vole*, Pignatari, eu voo!, e ainda tinha um barco, *Jojo*, no rio Tietê, primeiro voo do mais pesado na América do Sul, 1910, de volta à França, quando o assassinato do Júlio Silva deu fim ao edenismo internacional capital/trabalho, 1922, inventaria um processo de fabricação de tubos de ferro contínuos, sem emendas, milionário, na guerra ligado a Von Braun, V-1 e V-2, fuzilado, talvez, conjeturava o velho Pignatari, colaboracionista, 1946, e o grande voo anagramático inscrito na carlinga: Sensaud De Lavaud

Na altura do portão enferrujado, Frasca despejou: Tua irmã entrou ontem no meu quarto, magnólia na mão: asas, revólver, lanterna espada, trementes: Quero você. Com toda roupa, que seja. Sem cama nenhuma. Olhei nos olhos, bolinhas cinza azuis faiscando válvulas, amarrei-a com braços, toda a força, devagar, à orelha: Ju, como querer alguém que é ninguém

Arlindo ficou de cera, gritou para o irmão Alfredo: Chama o Quintílio na ferraria, Clotilde está mal

Porque as pessoas se atiram umas sobre as outras? Que fome que tesão da alma são essas que usam o corpo como isca? Ninguém suporta não amar. Escuridão rumo à Carteira (Cartiera), trecho de terra da antiga Estrada de Itu, olhando um vento luminoso: São Paulo. E estas são as minhas coisas: esmaguei os peitos dela com dez unhas, chupei com dentes o leitessangue, cuspi o bagaço das nossas lágrimas

O que foi que eles fizeram desta vez, seu Quintílio? Quebrarufóli. Qual deles? Tutti i tre. Olhinhos luqueses, destilando lágrimas de vela escorrida: Ofatunabobaji: mandei chamá u Paulinhu. Morreu tuberculosa ao bocal do telefone, Clotilde, fanha pela carne esponjosa no nariz, gentil modesta com sombrinha no sovaco, 34 telefones em Osasco, para ela, só um, do Mangueirão: pálido moreno magro bigodinho sempre de botas, o Paulinho bastardo do velho Barros, o rei dos porcos: casou-se com outra, já três filhos, à espera de vantagens, melancólico

Pudera, o pintassilgo cantara no rabo-de-gato do portão do número 25, onde viviam os Pignatari, quando o Jaraguá se pôs a dizer às chaminés da Cerâmica que o que a Quina tinha feito não era coisa que se fizesse; viuvinha, atendeu o velho Ramon de combinação malva, às duas e meia da tarde, sem meias, sandália pompom azul celeste: O meu *Parati* e o *El Gráfico* do meu irmão, e o fanático bigode grisalho pela rua empunhando *A Gazeta* como bandeira: Legalistas comunistas anarquistas enculados em Guadarrama

Sentado à janela, de terno, pernas e mãos cruzadas ao joelho, sapatos de cromo, às vezes tentando apanhar o rosto como mosca do outro lado da vidraça, meias pretas com ligas, Frasca viu passar o trem das dez e meia para São Paulo, o rápido, e só, no banco de palhinha do carro de primeira, já começava a eletrificação da Sorocabana,mas o sopro da locomotiva preta é que fazia a gente atravessar o Rio Pinheiros, confluência do Tietê, garças e taboas pelas margens, a ponte, onde algo de melhor poderia ter acontecido ao Frasca, se pudesse ter acompanhado aquela menina de doze anos, trancinhas presas no cocoruto, linda boca de mundo amuado, Cecília, mas foram os três que apareceram abaixo:

– Que molecagens vocês andaram aprontando?

Embaixo da calçada do Nilo, tenda de cimento sobre o córrego fedorento canalizado sob a rua e a ferrovia, boca de lobo, bueiro, para ver a calcinha da Carminha, Amílcar deu uma sardinha na bunda do Bi, e o Nilo falou à Nice, irmã, que a Júlia tinha sido internada em Santo Ângelo, morfética, manchas roxas no rosto e nas coxas

Quando Frasca decidiu: Sem isso, não vivo mais, alarme, tudo ficou suspenso na alfaiataria, Pinha fumou com força fumo por narinas, dedos escrevendo algo impossível de cinza no entulho do cinzeiro do quebra-luz, bolota cromada côncavo-convexa sobre fuste espiralado de coqueiro cromado, apagando e enterrando com raiva a bituca do seu Lincoln, maço verde chique recém-lançado, que paixão, o cigarro, Arlindo mordeu a cutícula do dedinho como quem cortasse linha com dentes, ergueu-se, vestiu colete e paletó, dispensou gravata, apanhou lanterna, já Frasca transpunha a passagem para a alfaiataria ela mesma, como quem saísse de vez. Silentes na penumbra, driblaram balcão, máquinas, manequins, Pinha levantou porta de ferro ondulada, Frasca emborcando cantil, luzes azedas da meia-lua e do poste guilhotinaram o chão de ladrilhos branco-vinho, quadrado-cubo, Arlindo apagou luz dos fundos

Diante da padaria/confeitaria do Albertino, meu tio, que aos dezesseis matou Joanita, 24, com tiro certeiro de revólver no coração da semiobscuridade da Rua Primitiva Vianco, dizendo-me depois, remorso, que alguém do além, com duas mãos, havia empunhado o seu punho, diante do portão do Jardim Agu, festa-baile daqueles tempos, além do Floresta, para quem sobe, irmã daquela que seria a minha tia a mais bonita, americana da Várzea, ruivinha de olhos verdes, paixão do meu tio Carlos, técnico em frios que vivera em Chicago, matadouros, *Amapola* era a música de sucesso, Teresinha, hoje Joanita enterrada frente ao túmulo de seus pais, o Frasca:

– As coisas não vêm depois das outras, mas de dentro das outras

Acima de mim, o escudo escalavrado de reboco bege dizia: 1915, frontão da casa reformada do ex-relojoeiro Gagliardi, cujo filho viria a casar-se com a moça que amei 427 semanas a fio, o cortejo parou para mijar junto à cerca frente à linha, algum gado fantasmático pastando temerário além do arame farpado – e se o rápido estrondasse na noite de nossas vidas – todos sacudiram saco e caralho e seguiram olhando coisas que não estavam por ali, sem um A, até a porteira do Maneco:

– Tesoura, metro, agulha, linha, giz, entretela, mangas: estas são coisas que não fazem nenhum sentido

Era suspeito o modo íntimo de sabermos então da vida das pessoas: ânsia de gente com fome e sede de vida se atirando sobre gente-si-mesma

De alto coração peitoril da janela, *long shot plongé*, viu Quintílio apontar na calçada, fim de tarde de domingo, ouro-crepuscular-chaminés-primavera de Osasco, como que dando de ombros pretos contra as paredes das casas, bebinho, corrente de ouro do cebolão pelo colete como baba de velho, olhinhos lacrimejando para o tudo do além, sorrindo, lembrou do Eufórbio:

– Existir não nossimos

A confeitaria, presente dos avós Pietro e Élena ao tio assassino, depois que purgara o crime por sete anos na recém-inaugurada penitenciária do Carandiru, tinha atrás de si toda uma vila, cujo acesso era um corredor já sem portão, mas com pilões de pedra aos cantos, de um lado o açougue dos Melli, do outro a confeitaria propria-mente, e lá para os fundos, entre os mitórios e a casa dos avós Michelli, abria-se a horta, onde o Orlandinho Caputo amanheceu bêbado, nove anos, sem calças, o velho Anto-nio costumava surgir de repente, com aquele cachorro fa-minto amarelo, por detrás das pipas e dos sacos de carvão do galpão-garagem dos Melli, que também tinham uma venda, almoçava-se no alpendre aos domingos, a Irma tocou piano na sala de ladrilhos xadrez: eu vi o coração. A faca pegara de jeito, em diagonal, de nordeste a sudoeste, um cheiro de alfafa, um tato vermelho luzidio no único figo pendurado no jardim-pomar da avó, mas Frasca não estava disposto a chorar a cor e o gosto dos quintais da memória

– Via, via! gritou a voz de seu Ricardo, tocando as crianças correntes para longe da charrete, chapéu, chicote, cicatriz, lá se foram pela terra escura daquele trecho que era a Estrada de Itu, hoje Avenida dos Autonomistas, sem postes de luz, risca transversal do púbis da vida, prosa cesária. Fodia-se no mato por ali, sinistro de cheiros, pecado, bichos, carne aberta em cada noturno raivoso de encontros. Se chegassem à esquina da Rua Antônio Agu, o Fundador, então um largueto arreliado, teriam à direita montante a matriz de Santo Antônio, hoje mais lobby de hoteleiros passionistas samambais e sancas de luz verde/vermelho indireta, e à esquerda jusante o Largo de Osasco, lá embaixo, getulianamente João Pessoa, também em rápido mito folclórico chamado da Barba, da Bárbara ou da Raspa, pois no coreto, à luz dos faróis de um carro o barbeiro Alcibíades raspou os pentelhos, de navalha, cuia e pincel, da Bárbara, boba noturna, aposta que perdera

Espesso, aço plúmbeo íris-luzidio, petrecho inesperado das causas agônicas, gatilho dos discursos finais, relâmpago nos miasmas hamletianos, ser de ferropedra hermesfontiano que adormeceu a caminho do ser, estopim dos estampidos da felicidade insuportável, estoure-se a pele como um dedo fura o papel:

– É alemã.

O fascínio dos olhares disparados para a mão do Frasca, barbantes fúlgidos de estigmas franciscanos, pente de treze balas comprimidas, saindo e entrando no cabo corrugado, golpe da almofada da palma da mão. Trava. Destrava. Pá pá pá: canhão compacto alvejando as alvas estrelas coruscantes. Foi quando o Sílvio Piveta, quinze, gordote de olhos verdes, cutucado pelo japa Goro, de um lado, e pelo Alfredo Bellacosa, do outro, gritou lá do fundo da moita:

– Questa guerra... è del baffino o del baffone!

Velho Calasans, nem tão velho, barba escura, coisa estranha naquele 1939, que havia metido no bolso da minha camisa, sobre o coração, o distintivo em ferro-esmalte, fundo vermelho, letras brancas, comunismo, doze anos, o pai quase arranca os meus dedos quando mostrei, jogou rápido na gaveta tumular de jacarandá maciço da escrivaninha, o urrante Calasans atravessou o claro--escuro do Largo, carregando a miúda Eponina no colo, arrebentou o portão da própria casa com um pontapé, gritando pelo Comandini, um dos dois choferes de praça (o outro era o Onofre), para levá-la ao Hospital Alemão, São Paulo, décimo-primeiro filho de um comunista, que vergonha

Que quer vós, diria Hugo, que pessoas escritas sejam diferentes de pessoas de carne sem osso? Alô, quem fala? Clotildinha, eu não te amo

A questão é esta: Quando me ponho a trabalhar, Bi, destrabalho. O Bi, Bilo, Bill, Tucano, Nariz, Pinóquio, olhou para a calçada do Frasca, o meio-fio do Frasca, a sarjeta do Frasca, viu um barquinho de jornal do Frasca encalhado na enxurrada de ontem, areia, luz, pegadas de sentimentos

Maledeta escuridão de breu aquela do corte transversal do púbis da cidade, quase de frente do Chalet, à esquerda, descendo uma inacreditável Rua Menilmontant, hoje desaparecida, três vezes maior do que o famoso triângulo da Cidade de São Paulo, Leiteria Campo Belo, o *sinal da cruz* no Cine Rosário, Martinelli, pela primeira vez, mais do que tudo Loretta Young nas cruzadas cecilbedemilianas, aquelas tranças loiras como coxas por anéis à frente como coxas, finalmente chegando à luz, onde hoje há um cinema Estoril, Primitiva Vianco, Frasca, antes da descida extrema, não queria deixar a vida como um relógio sem pulso sobre um criado-mudo, mas como a Diva Giancolli, com sua irmã Lílian, rendeiras, rindo a dois passos do Grupo Escolar, antiga mansão do fundador do país osasquense, a sala do diretor ao centro, quartos, quatro, transformados em salas de aulas, classes, meninos e meninas juntos na hora do canto, cheiro de mortadela, bandeiras da porta verde/vermelho/azul: a Diva: A vida não me atinge!

Quando as coxas glabras da mulher se apartam e as peludas do homem se estreitam, homem! mulher! melancolia! plena!

Ainda de terra, a Primitiva Vianco descia para o Largo, suave fragmento vivido do vasto sistema que leva toda São Paulo a escorrer para o Tietê, quando desabou a alegre cargadágua, todos correram para os muros, sob os bambus, Jardim Agu, placa e portão derruídos, entregues aos intempos e intempéries depois do crime, e o Frasca, digo, a Quina saltou da máquina do Onofre, saltos altos de verniz preto entre relâmpagos, para uma das três casinhas entre pinheiros à esquerda, carochinha, puderam gozar de certo conforto de minutos passados sem antes nem

depois, a luz ondulada da aba do alto do poste gizada de
água dizendo que nada era grave

O que você está fumando

Lincoln

Cuidado que brocha

E você

Belmont

Cuidado que apaga

Lembrando Valentino, Gardel, Mojica, queria ouvir *Panuelito Blanco* pela última vez. Disco, vitrola, só mesmo o Celso, no cinema. Mal o Arlindo apontara para a lua crescente que saía lavada das nuvens para as estrelas, atriz sorrindo a cara entre cortinas, ainda houve tempo de entrever faiscar a dentuça do Oswaldinho Louco, gritando: Cuco! Cuco!, abrindo/ fechando a janela de folhas de tábua verde do barraco, silhuetado na moldura, abrindo os braços para o azul úmido estrelado cavernoso: Bom dia!

Entre a Primitiva e a Antônio Agu, onde outrora havia o bosque saneador de *eucaliptus* e hoje formiga a vida comercial brasileira, vultos semoventes, mulheres de fichu, homens com machados, carriolas, raízes gemebundas saindo do pântano, lenha: os russos da Várzea

Não acho que a vida termine em Frasca! Não acho que a vida termine ou comece depois do caixão fedorento ou depois da morte do Brasil! Eu sou um eu depois de um eu?

– Se a vida não termina em você, ou você é pai, ou mãe, ou acredita em Deus! saltou o Nogueira, belo e pálido, ex-seminarista, da cerca da chácara do Romualdinho, leitor de Guerra Junqueiro, pele e bigode de seda, jesuíta condenado à medicina, finalmente feliz pelo amor de uma prima:

– Ó Nogueira Cara Pálida (exclamou o Frasca), vá à boa puta que o pariu, punheteiro das tetas da vida. Vida não há mais, a não ser para trás, o gozo é um engodo vital para que tudo prossiga na mais absurda harmonia sem Deus! E amanhã – sem governo! E depois de amanhã – sem nós!

Quanta gente! rasqueou a garganta do Frasca, antes de cair de joelhos na rua genuflexória, frente ao A. A. Floresta, sacudindo a cabeça, espumando tal o goleiro Belo rolando e ralando juntas epilépticas além grama, enquanto apareciam alguns rapazes que aprendiam a dançar no salão, homem com homem, tabiques de tábua pela metade das janelas para evitar indiscrições molecoides:

– Malditos vivos! Malditos vivos!

E pelo túnel da rua da noite, a turma da linha de tiro correndo um-dois no encalço da vida, e o Tidinho escondido atrás dos coleirinhas, espiando, gritando e correndo:

– Nunca vi tanto pau mole junto!

Cansados, chorando, como quem tivesse de depô-lo no lugar de um destino sem destino, chegaram ao Centro Recreativo de Osasco, todos os narizes chuparam o cheiro pluriar da magnólia. Calcinhas de lingerie rescendendo ao varal do luar. Flores grandes

Foi quando Arrudinha e Beth, quatrocentões integralistas, traços mongo-caboclos, apontaram no alto da escada bifurcada, pendulando, perorando, diretores do Centro:

– Fora, vagabundos! Vamos derreter os seus sacos de cera vermelha, como fizemos com aquele coreto do atraso e da vergonha!

As coisas já se precipitavam sobre o tempo, quando atravessou a cena o Nenê Manquitola, deixa-que-eu-chuto, cuspindo: Prenderam o Índio Japonês, roubou o cálice-hóstia, maldito Goro, comeu hóstia de dez em dez, com o cálice de prata com vinho do padre

No peitoril, Frasca passou a mão por detrás do vidro, tentando agarrar o dedão do pé, fechou os olhos em esgar-careta sem razão, como quem fosse dar trombada com patinete, bicicleta, caminhãozinho, dangler, jardineira, trem, ônibus, trem-fantasma, automóvel, bonde, zepelim, avião, cena de fita em série

Tudo confluia para o sintagma do Largo, quando choraram xadrez no dia seguinte aqueles pamonhas do Clube da Meia Noite incendiário, Lucas, Manuel, Celestino, Nascimento que manipulava a bomba de gasolina, estupendo totem manual, líquido amarelo borbulhante no cilindro de vidro suspenso sobre o pedestal metálico vermelho, Bolivar, meu cunhado, Ecio bonitão, quando o astuto seu Pignatari, ex-PRP, foi tirá-los da cadeia, graças a um chefe político Marrey Jr., ali no bairro do Maneco. Faziam ponto no bar do Coutinho. Lucas, berebento, quando o fogo pegou, tocou uma punheta pública contra as fagulhas e as estrelas

Entre a casa do Salmon, ex-farmacêutico e périto-contador, isso mesmo, périto, como queriam aqueles para quem proparoxítonas tinham tinta e sabor de nobreza burguesa, e a oficina do Vanucci, instalada onde outrora fôra a primeira igreja, que deveria ter sido de Santo Agostinho antes de ser dos passionistas, caiu de bruços, como disse, mergulhado súbito. A menina Cecília, doze anos, trancinhas, fita no cocoruto, acorrendo vestido tafetá amarelo-ouro na obscuridade, ao portão, onde a empregada Nair namorava o chofer particular do pai, também de praça nas horas vagas, Matias, futuro inesquecível presidente do Juvenil Soma F. C., ambos fremendo sob os panos, disse rouca, pasma, contrita:

– Pobre moço!

Nesse átimo, mãos, peitos, cheiros, barrigas, calcinha, cueca, pentelhos, todas as peles sob todas as roupas, o responsório nairmatias inaudivelmente polifonou:

Pobre moço!

Socorrido, disputavam subtroia Pinha e Arlindo, um dizendo que não tinha nada que trazer o frasco metálico com gim, outro dizendo que a culpa era dele com seu guaraná e lança-perfume

O cabo preto do *parabellum* era marcado por uma treliça tátil negroluzidia, que contrastava com o fundo, estrias, facilitava a empunha, impressões digitais se reconhecendo, gozo. O segmento de arco de aço, fúlgido e plúmbeo, pós-arquétipo geométrico de curva francesa, embora prussiana, assinalando o ângulo, uns 15% em relação à culatra e ao cano, culatra essa que, no entanto, diferentemente dos revólveres de tambor, mais propriamente se nomeava, já que o pente de doze balas, mais uma na agulha, docemortais caramelos carnais antiespermatozoicos, entrava pelo cabo, por trás, postando-se, por força da mola e do ressalto, na agulha, misto de pistola e metralhadora, o cano azul anu--sanhaço disparando como se o projétil premisse o dedo indicador no gatilho, a loucura dos disparos suprindo a pontaria (para os menos advertidos), nervosa pirotécnica sonora que pode ser farra final de suicidas amadores

O simples ato de carregar um parabelo – clac! – desatava um significado final igual a tudo

Um cheiro enchia as cabeças da noite, nunca ninguém entendeu o que era aquela Cia. de Asfalto Itatig, na virada da Primitiva Vianco para o Largo, beirando a estrada de ferro: sem empregados, sem dono, só vigia. Da frente do Rink de patinação, sapato branco tatalando roupa branca, vem correndo o Carleto, do controle sanitário do Frigorífico Wilson – o único que jogava xadrez, linda mesa de madrepérola, a quem surpreendi, adolescente idiota, com um xeque duplo de rei e dama – Frasca ainda todo envolvido pela visão de Julieta, vestido curto rosa--chá calçando aqueles patins de ferro – a meter a mão pela boca do alfaiate, segurar língua entre saliva – Quem sou nós? – volta correndo sobre o mesmo branco, puta grito, mordida. Na febre do fato, Arlindo conseguiu meter dois dedos na campânula do glote, enquanto Pinha erguia a cabeça pelo cangote e aquele magote de coleirinhas da linha de tiro continuava vindo na contraluz e em contraplongé, o sargento instrutor apitando como um pássaro-ocarina de pau noturno, coturnos e perneiras pelas pupilas do

Frasca, que afinal se ergueu entre o Pinha e o Arlindo, disposto a rir pelos próximos cinquenta metros, até o portão de ferro entre muros altos do Grupo Escolar, onde o choro vazou por janelas e portas da casa do Caputo, uma das casinhas depois do muro, vizinha do Mansueto, da Íris, da Tomires, do Agé meu colega de primeiro ano, e do Tomé guarda-civil! velório do Chiquinho, onze anos, apêndice supurado, vestido de franciscano cetim marrom, belo moleque de moleques. Carpideiras lacrimejavam como bucetas sobre caixão duro

Entregue a ela esta carta! brilharam sarcásticos os dentes do pensamento entre o envelope quase esfregado e a cara do Pinha: "Ju, estão indo-me depressa demais! Não consigo deter-me ou desser-me! Passo pelo teu corpo como alma, voo um corpo entre corpos, você não sabe como dói! Cada vez que peço socorro, o amor morre! Tantos caminhos ao mesmo tempo: porque não sois vós a mim? Adeus ahomem amulher anada

Na mesma hora, tum! Julieta caiu fixa entre mesa, cristaleira e a bunda do Haroldo, primo mineiro do Amílcar, craque de fubeca, todas aquelas lindas bolinhas azul-nevadas de vidro, socorrendo

Dobrar à esquerda, aquela curva violenta, cotovelo de 80%, a placa na esquina Não maltrate os animais, entre a Itatig, os trilhos e o bar pobre à pouca luz amarela incandescente, depois famoso graças aos Jovens Veteranos, angustiados boêmios desportivos, fechava o circuito, espraiava-se no espaço civilizado, seguro na noite insegura, o resto eram bárbaros, Largo de Osasco, também João

Pessoa, hoje destruído invadido pela FEPASA, não fôra o fato de a lua crescendo naquela curva, mais a leste do que a oeste, obrigar a contar as chaminés da Cia. Cerâmica Industrial de Osasco (latrinas Herman Lévy), pirâmides em fusos cônicos sobre fundo azul e ouro de domingos finais

Frasca sentado recomposto na plataforma de pedra dos armazéns da estação, pés apoiados nos trilhos que serviam de contraforte aos caminhões e carroças, e de poste horizontal para um que outro burro, mula, cavalo, rosa-roxo das neblinas das manhãs, olhava para o chão, braseiro apagado, onde antes se festejava a si mesmo, mesmo sem festa ou coro, um coreto

Meninos, meninas, nossas coisas não valem a pena: vivam onde eu não estiver: assim dizia, estivesse ou não estivesse, Luís Jardim, desdentado, todo machucado pelos moleques da madrugada

Noitou-se um silêncio nas gargantas e nos inteiros sentimentos dos corpos, naquelas quatro horas que o céu ainda enviava, invejando, não luz, mas cheiros lentamente se expandindo no ar sem vento, um certo friozinho, estrelado e semienluarado, quieto.

noosfera

chanutes   aders   wrights   demoiselles   voi

sins   blériots   fluindo   sedas   tensas   lib

élulas   ouro   onvionleta   no   pôr-de-ar   de

ocre   da   tarde   lá   em   baixo   sobre   a   calota

megalopolitana   em   olho-de-peixe   sign(

ÕS DECOLANDO PLANANDÕ CIRCUNVÕLUINDÕ

SOBRE LOBÕS CALOS QUIASMAS BULBOS VENT

RÍCULOS TRÍGÕNOS PEDÚNCULOS FENDAS DE

ROLANDÕ E SYLVIUS SOB UM CÉU PARIETAL)

¡acentes!

JAZO EM PEDRA, OS LAPIDARES DRAPOS VIGIAN
DOS NO HIPOGEU-TUMBA DAS LÊLOAS TARQUÍ
NIAS ONDE SE MENTÉM ACESA A VELHINHA
DOS ABELORDOS, DIVISO: / HILÁRIA! ... LA MA
DRE LÍNGUA! ... GRETA GAL, A DOS BELOS CALÁ
BIOS, À ETRUSCA, SOB OS PANOS ABRE OS JOE
LHOS CARA A CARA, UM SAL, UMA DAMA-DA-
NOITE, UM MIJO, LA QUEUE DU PAON DANS MA
LANGUE, DIRIA L'AUTRE CON ... HILÁRIA PRIMA
VERA, QUE CHEIRO BOM SUBAQUI, SUBILA ... /
A CARNINHA NA PEDRA: ÔI! / QUE FRASES E
CUMAS POR ESTAS SUBANDAS E SUBUNDAS? /
HA MUITO DE RE PENTE PINTEI POR RAQUI, DE
REFÉM, ME FERREI NA GALGANTA, UMA GROU
PIE, UM CRUPE, DE QUARTANTENA, SÓ FALO
POR BAIXO / VAMOS FAZER AS CONTAS DE CO
MER E DANÇAR NA PAREDE: O QUE VAI SER?
HAM'N'LEGGS / E O QUE VOCÊ TE VAI RESSER
QUANDO DESCRESCER? / NÃO FOSSA PELO NO
ME, MIGNON MABEL GARRISON, JE SUIS TITA
NIA! OU DIANA DURBIN / E COMEMOS VÃOS OS
MENINOS GRAALCINHA? / APRENDEM AMARALI
NHA NA BARRA E SÓ CHEGAM AO SOL DEPOIS

DE VINTE MALHAS / E O LOIRO DO PIAUÍ, FA
CHADA QUE NÃO SE ESPIANTA, SÓ RISÉRIO TRIS
TE NA PELE FURADINHA? / NÃO TEVE DESTEMP
O NEM DESTAMPO DE EMBORCAR NA NAVILOU
CA, ABRIU O ESCAPAMENTO, PUXOU O CARRO
PARA ALÉM DA VIA, DESTRETECEU-SE, DESTRIM
ANCHOU-SE, VOLENCHEU-SE / ESCRUTAR-TE É D
IREITO MAS DÓI, VOU DESCANSARMOS UM ROU
CO: DESCONTA UMA DESGRACINHA / E ELA RIN
DA SIBILINDA COMO LINGUETA NA BAINHA, FA
LÁBIOS: E, ELE e ELE me tresfal ou por trás: LELÉ da
cuca LELÉ da cuca LELÉ da cuca: LÉ ... LÉ ... LÉ ...: É!
É! É! / ISTO, RIA, LEGAL, MAS NÃO TEM MORAL? /
TEM: O BURACO É FUNDO ACABOU-SE IMUNDO
/ ELA DOU GALGALADAS, FUNGO O NARIZ TRIS
TESO, OLYMPIA-SE NO TRICLÍNIO / DÓI MEXER-
ME ALGEGAMADA COMO UMA ARTE / EXPERIME
NTA AQUELA DA NEGRATA ROAZ DO HOLANDÊ
S, MEIAS BRANCAS ATÉ MEIAS COXAS, TODO PI
NCEL EM LINHAS TRÊMULAS NAS CARNES DO AR,
DANDO O QUE MAIS TEM DE DENTRO COMO SO
CO PELUDO, OS BICOS DOS SEIOS BOCAS SACAN
AS, NEGRA HERIDA NOSTÁLGICA DE TOROS ... E
COMO VOCÊ TALA BEM À BOCA PEQUENA ... OU
AQUELA DO NON COURBET, QUATRO PEITOS A
PEITOS, MONTANHAS BRABAS DE COXAS DORM
INDO SEUS BURACOS, AS DUAS CONTINHAS DE
PÉROLAS DESFIANDAS ROLANDAS DO COPO À C
OLCHA ONDE ESTÁ A COISA ENORME COMEMSU
MADA ... MAS CHEGA DE PINUPLITERALMENTAT
URA ... CANTA UM CONTO DE FADAS, CONTA U
M CANTO DE FADOS / ORA UMA VOZ UM RUI QU
E NÃO TINHA FALHAS. UM DIA, SOPRANA, A SÓ
BRIA, ESTAVA FAZENDA UM TRAPALHO DE AGU
IA, BICOU-SE NA PINTA DO DADO E SAIU MANG
UE. FOZ UM DESEJO, MAS NÃO CANTOU PRO RU
I, QUE LHE DEU UMA BRONCA DE NOVE E NÃO Q
UIS CABER MAIS DELA / ELA ARREGANHAMOS T
ANTO TANTAS VEZES AS GENGIVAGINHAS –
LRRGNHMSTNTTNTSVZSSGNGVGNHS – QUE Q
UASE NOS ENGASGAMOS NO VINHO SALIVAR, A
TÉ QUE VEIO UMA SAUDADE, VIREI A CABEÇA, S
ENTI NA TONSURA OS PENTES DOS SEUS CABEL

OS QUENTES MOLHADOS, ME LEMBRAMOS DO T
EMPO EM QUE RIVEDEREIS AS OUTRAS ESTRELAS.

pháneron

CORREUN UAA FIOC ORR / EUE NTROO UTRAV E
ZN ESSAC AIXAD' ÁGUAA TÉO SACOL ANTEJOU
LAF RIAO SP ÉSN OL IMOA VOZD ISTANTEP ORT
ODOSO SL ADOSD OSQ UADRADOSD EC IMEN /
TODASA SV EZESQ UEP ONHOO SP ÉSN OS ILÊNC
IOD OC ORREDORE STRONDAVAN OSC OSTADO
SO CONTRAPESOD EF ERR OP ENDENTEP ARAF E
CHARO PORTÃOZINHOR ECORT ADON OP ORTÃ
OE DOO UTROL ADOF IMD ET ÚNELC RESCEN AE
SQUINAO CILIN

SOLA CREPE

DROM ALHADOA TARRACADOD OP ASSOCAL A
MBEN DOP ELOSO LHOSJ ACARÉSA BEIÇORRAC
RUAD EG ELÉIAD EA M / OLHAT ÃOF ORTEV END
O-SEN UAE MM IMQ UEF ICOUA GITANDOA SM Ã
OSE MP OUSOE NGALFINHADOD EP OMBOSS AIA
D MN ÓD EC ALORS ANGROU-MEA NU / CADAV
EZQ UEP ASSOP ELOS ALÃOI AE SPIARP ORU MAD
ASP ORTASD OC INEMAE SCRÍNION OE SCUROE
NTREB AMBINELASD ET ÁBUAC ELESTEF RANJAS
A MAREL

TÁPIA

ASO NDEP RATEOUP ARAS EMPREA PEDRAF RAN CAD OM E / DOMINGOA ZULS OZINHOT EPIDOB ANHON AD UCHAS OBA CAIXAM ASO SOLJ ÁE R AMS EISH ORASE NTRANDASP ELASC RUZESV AZ ADASN OA LTOD AP AREDEO SCILAME CINTILA MP ELAC ABEÇAT EMPLEO SP AGODESD EE SPUM AC AMPÂNULASR OXASE NQUA NTOL ÁE ALIP E RAS USTENTAVAO CHEIROD EV ERÃO N OP OMA RS USPENSON OC ISCOD EO UROD AC ALMAS OL / ARD EG UL

FAY WRAY

OSOÉ OM EUN OC ADENTEV AZIOE QUANDOA ST ESOURASD EM ADEIRAE STRAÇALHARAMO ES TRÉPIT OD EU MAP EDRAN OZ INCAMEE UE STA VAD IANTED AB ONBONNIÈREC HUPETASD EC HOCOLATEL ICORN UMC HÃOD EP APÉISP RATA V ERMELHOV IOLETAM ARAVILHAE NTRET RIZES D EP URPURINAE FÍMB RIASD EC ELOFA / NEMT ENHOC ORAGEMD ER EOLHARM UITOO SC ARTA ZESD OF RANQUISTÉMT IVEMIJANEIRAE SEDEV OUA TÉA CASAD

RONQUEIRA

AT IAA SQ UATORZEC HAMINÉSD AC ERÂMICAD EO SASCOD OO UTROL ADOD OST RILHOSO BELI SCAMA PARADAG LANDED OS OLD EIXANDOO VIOLETAM USGUEARA CORCOVAD OJ ARAGUÁE EUE MPURRARO VERMELHOD ESCASCADOD OP OR / TÃOS OLTOD EM IMV OUE RGUENDOA SC ABECINHASD EM INERVAQ UEP RENDEMA SV EN EZIANASQ UANDOM EP UXEIP ELAM ÃOE SQUER DAN AQ UINAD AC ASAE BÓRISK ARLOFF;P ARE CII MENSON OT EM

PAPELOTE

POD OP ÁTIO:M ECHAV IRGULANDOO LHEIRAL OIRAD EDOD EE SPUMAN OU MBIGOD UASU NH

ADASD EV ERDED USASP ONTASD EA MENDOIM
E MC ASCAE NCRESPANDOO SP EITINHOSO COR
TEI NCHADINHOB UCETAD OP ÊSSEGOU MAI M
PIGEMR OSADAL UZIDIAV APORIZANDOA POLP
AQ UER ODOPIAA FENDAG RAND EE MF UGAS
EMC ACHINHOSP ELAP OR / TAMBÉMU MC HEIR
OD EE RVA-DOCEE FRUTASB ICADASQ UANDOO
LHEIO COLARD SP EGADASM OLHADASE MD IA
GON ALN OQ UENTEF OFOD OL AJEDOE OS ANH
AÇOC INZAZULAA CIMAO QUARTOC RESCENTE
D EU MA ÇOV VIU? D ESFERIDOA PEDRAD EE STI
LINGUEC OMOU MT RECHOQ UEP ASSA

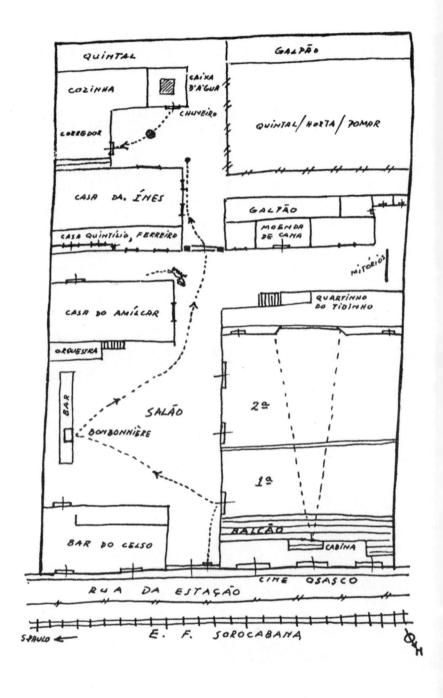

Ela, pivô de Pháneron / 1938.

Ele, quando viveu o Pháneron.

Ele, quando registrou o Pháneron / 1954.

Ele, quando desrefez o Pháneron / 1973.

incipit

– Cansa-se, Signor, da vida dos signos,
embora não haja outra.

O Místico Quente, *Sutra II, 5-a.*

– A   criou a palavra elefante e todos os elefantes
começaram a desaparecer, desde a espécie que cheira
com as orelhas até a que trepa em posição ginecológica.
A   encerebrou a essência dos elefantes e no lugar
deles começaram a aparecer outros objetos.

– Que objetos?

– Cadeiras.

– Palavras cadeiras?

– Ambas.

– A   criou a palavra amor e todos os amores come-
çaram a desaparecer, desde o que se degusta rindo com
a nova forma nasi até o que se pirlipica com o gomo meio
aberto. A   encerebrou a essência dos amores e em
seu lugar começaram a aparecer outras coisas.

– Que coisas?

– A emoção indireta e as máquinas de pipoca plástica.

– A criou a palavra pássaros e todos os pássaros começaram a desaparecer, desde os que mudam de plumagem durante o voo até os que as mulheres fazem de terceiro seio. A encerebrou a essência dos pássaros e no lugar deles começaram a aparecer outros pássaros.

– Outros?

– Sim: os que não voam apenas pelo céu.

– A criou e

pessoinhas

Foi-se para o Canadá. Onde o Santo Onofre amuleto das
riquezas?

Santos Dumont.

E ele:

– Você quer vampirizar o meu cérebro, eu quero vampi-
rizar o seu corpo.

E ele:

– Você é uma turística mística.

Antes o baseado no apartamento da coroa rompida com o
parceiro artista. Antes, no MAM. Antes: na escola: ressur-
giu assim: ele saindo da classe ao sol da manhã, grande!,
índia, cabelos e pele, nunca vira os peitões, mas a borbo-
leta dentro da coxa direita, mas a cicatriz na cara, ficou
mirando os arcos da Lapa de medo de ver tanta beleza no
coração. Comeram? Quatro anos o comeram, cartas, fazer
o que não fizera, quando: ressurgiu. A fome não fez calar,

mas: beijar, amurada enamurada, mar MAM, tarde, sofá da artistriste, a empregada passando:

– Você é impaciente.

Fumo. Nada. Rompeu, eram. Livrou-se escada abaixo, com ar de quem entendeu tudo.

No fim de uma classe, abrira os olhos do corpo ante o corpo perto: E ele:

– Que idade você tem?

E ele:

– Você é virgem?

E ela, 24, pouco mais que sorriu, quase não tremeu.

Quando falava dos caretas, "essas pessoinhas", os dedos pareciam salpicar sal na comida, multidãozinha pululante. Veio atrás, pela escada, sentindo a ruptura, levou-o ao aeroporto, o casamento deteriorando atrás, em separação de corpos interinos, o marido viajara. Atrás do vidro, os dedos em despedida, teteia. Rachou-se tudo. Antes: a dança no Bilboquet, os alunos, a minissaia, convite para festa de aniversário com desenho de porca e margaridas. Como soltar-se, com aquele amor, sem seu amor? Um amor para liberdade ou dinheiro. Dinheiro. Vendia um colar de pérolas e saíam pelo universo cósmico mundial: Fortaleza, Machu Pichu, Big Sur.

E ela:

– Leão não gosta de cheiro de cabeça humana.

Conhecera vampiro real numa recepção de embaixada em Londres. Quando contou na repartição dele, todo mundo chegando nela para ouvir, foi um gozo.

E ele:

– Teu corpo me basta.

E ela:

– Porque você não corta a minha cabeça e fica com ele? Os anos 65 terminavam em 73. I love you, Bia Torrão de Sal.

E ele: a grande arte. E ela: um primitivo grego, um gravador esforçado de Ipanema, quem primeiro a comeu, bêbados de vinho nacional, rolando de uma cama para o chão de uma arte infame!, o maharishi Pietro Ubaldi, e as suas próprias aquarelinhas.

E ele:

– Tête et tetons!

E ela:

– I'm a one track mind. Now you listen: vou à Grécia, Doxiadis, via Canadá, odisseia!

E ela:

– Você é um pest-seller.

E ela:

– Me devulva os signos (com buceta, aquarela, porca e margaridas).

E ela split.

E elezinho.

franquisténs 1

– O que você está escrevendo?

– Um homem.

– Um homem? E como é ele?

– Outro dia, vinha eu Morro de Santo Antônio abaixo, quando vi duas senhoras bem postas que subiam a ladeira. Esgueiraram-se por mim antes mesmo que lhes desse passagem. Pude observar, numa delas, a bonita, um jeito nativo, ansioso, de quem está sob a influência do desejo erótico que provoca em alguém, e pelo modo como escorreu do meu olhar, adivinhei que iam à Cabocla do Castelo.

– Aquela sua amiguinha que promete reencarnes a dez vinténs e vinte letras de câmbio?

– Sem gozação. Não pude negar-me a excitação quase sanguínea de ver formarem-se naqueles lábios pregas de expressões neles inusitadas. Volvi por vielas, adiantei-me, fui ocupar o meu canto de olheiro na tenda da cabocla. Valeu a pena. Deram a senha, entraram, sentaram. Boca tremente, a mão de magnólia remexe na bolsa, tira fotos e madeixas, passa-as à pítia que inspira e as apalpa como quem cheira. Nesse triz, pela vidraça de verão entreaberta para o sombrio da sala, entra uma borboleta preta, olhos nas asas. As visitantes enrijecern, a cabocla se volta na cadeira, o inseto, grande, pousa no lençol que separa saleta e alcova. Sombras dos cantos dos aposentos começam a fluir para o pano, um vento sem vento por detrás infla-o como a uma barriga prenhe, vinca máscara que força, quer entrar de outro mundo, a mão preta desliza, aranha, parpadeia em eco: melonta tauta!… melonta tauta!…

– É ele!… é ele… – gemem os lábios em êxtase, pavor, arregalados. Num voo alongado, a cabocla escancara a janela e quando as duas senhoras voltam-se a elas da cegueira veem-na de pé e vassourinha arremessando a borboleta para fora. Como que antes de serem também enxotadas, enxotam-se a elas mesmas, catando fotos e cabelos e deixando dez mil-réis. Com a minha castelã, reconstruo a máscara.

– Mostre.

– Aqui está:

– Em língua de gente, aqui temos um X. Um M.

– Um homem.

– Feio homem.

franquisténs 2

À toi, L'Isle-Adam.

– Mas… como vamos viver?

– Paraporque viver? Os seres da vida farão isso por nós.

teleros

Pálpebras, luzidio, num, lento, assentimento, do, roxo, ao, lilá, à, medida, que, se, fechavam, armaram, um arc o, de, carne, aberta, na, boca, avinhada, que, ressequid o, sentia, esticarem-se-lhe, as, peles, de, tal, modo, que, umas, insensibilizavam-se, ovais, nos, internos, das, cox as, como, cotoveleiras, de, contador, outras, repuxavam- se, sob, os, pentelhos, como, a, escorrer, vagina, adentr o, aquelas, perdiam, poros, esquentavam, pescoço, acim a, e, estas, gelavam, as, campânulas, dos, seios, com, do is, pontos, de, lamparina, em, beliscos, de, fogo, me, apertando, rins, e, nuca, mucosas, nas, peles, e, peles, nas, mucosas, forçando, os, dentes, a, quase, mostrarem -se, quando, o, cocho-gangorra, que, lhe, fez, para, vo cê, sozinha, gangorrar-se, presenteado, com, poses, de, apresentador, de, circo, para, você, minha, neta, la, Ver ge-Mari, para, você, minha, neta, a, varinha, com, dom, e, ria, ria, os, olhos, emprepuçados, olhando, a, minha, barriguinha, que, criava, um, momento, de, equilíbrio, aquele, cocho, excêntrico, de, voo, e, falta, de, ar, sua ve, madeira, erodida, pela, chuva, pelo, sol, pelo, entre tempo, do, meu, primeiro, jeans, apertado, canoa, inve rtida, aquela, onda, de, pau, que, me, pegava, como, m ãos, enfiando-se, por, um, saco, de, feijão, como, foi, q ue, ele, fez? com, que, o, sol, captasse, folhas, depois, do, almoço, de, verão, e, as, vozes, salpicassem, verde, e, sombras, em, mim, subindo, e, dessubindo, Para, a, f rente, e, como, foi, que, eu, fiz? de, Tupã, a, esta, cápsu la, em, Copacabana, laranja, você, fugitiva, para, a, bar ba, de, um, hippie, desdentado, um, nojo, uterino, des tabocado, no, bocal, do, telefone, que, parecia, ver, tão, nítidas, as, pregas, da, boca, a, voz, nos, olhos, do, outr o, lado, do, fio, espelhinho, enquanto, as, costas, escor riam, devagar, pelo, caftã, de, algodão, bordando, dobr as, nepalinas, e, pela, lisura, plástica, do, box, viu-se, sa indo, do, vestido, como, de, um, casulo, até, às, calcinh as, no, instante, em, que, as, vozes, todas, pareciam, co nfluir, para, os, tampos, do, cérebro, para, a, cúpula, tr emente, da, vida, antes, da, vertigem, temperaturas, co meçaram, a, correição, formigueira, talando, fieiras, de, pelos, pelas, pernas, depiladas, vovô morreu, e, um, aq uário, como, a, cara, de, um, homem, surpreso, a, ver- me, cair, atrás, do, acrílico, a, envolver-me, num, abra ço, e, eu, retesada, e, seca, como, um, mandacaru, talha do, por, uma, dor, difícil, difícil, quando, nos, dois, sor risos, das, quinas, dos, lábios, caindo, vejo, brotar, da, esponja, seca, da, barriga, jorros, de, suor, mijo, esper ma, lágrimas, pelos, peitos, pelos, ossos, por, todas, as, carnes, da, alma, numa, cócega, longuíssima, chovi

o que chopin 1

pelo aberto entretampo do piano———a um golpe:
do pedal e das pálpebras se elevando———desatam-se
os cabelos em ôndulas de laca e luz, preto e prata, brilho
e breu———pupilas onde a cabeça é um corpo de
ideias, parpadear de pêssego-pelúcia, de seda as sobran
celhas, de beijo as pestanas, ouvidos de brincar, pescoço
de lábios, espáduas de queixo e queixume, dorso de
espinha de espelho medular despido de panos, boca de
palavras abertas, peitos de trincar, bicos de dentes, bar
riga de ruídos, bunda de palmas, umbigo de perfume,
delta de pelos, pelos de pente, quente bolsa da vida,
pernas de mordiscos, plantas de pés de cridança e florriso
andaluz———suspiro———baixinha———en
boinpoint———sustenido———sandices em to
dos os sentidos, or or du devant et du dérrière, operam et
spermam perdidi, meu sotaque brincalhão———be

mol —————— dedos dedilhos dedões —————— dali, do bojo sombrio e tumbal, onde as cordas se percutem como tripas, desprendendo-se dos labirintos das impres sões digitais do tímpano do pentagrama ————— em plena audição, diante de toda a plateia, como que à cla ridade suspeita de acordes chiando nos arpejos-cande labros e nas pontas ardentes dos pavios e espermacetes aos meus lados —————— quando no transporte do dever e do devir, as pernas é que bombeavam ar para os tubér culos —————— e só eu vendo, como se pela libra ven dessem vendas com os bilhetes, negrividente pleyel ————— também em valdemosa, o ar das ondas inchan do como esponja, abóbadas de pó do corredor de doze portas, o doido dom pepe batendo de cajado e respon dendo presente! pelos padres defuntos —————— apare céu-me súbita úmida iridescente em minha direção do fundo do mundo em borrasca, líquido relâmpago escor rendo pelas roupas e pelas pedras das paredes molhadas da cripta, quando os dedos deslisavam pelo preto e pelo branco em pios e arrepios —————— sobre o fundo velor rubro de reposteiros e bambolinas, pela fenda insondá vel do ataúde-gengiva, em arranques meandrinos, em golfadas como os beiços expelem, os do peixe os peixi nhos, fluidos balõezinhos desdenhosos pulsantes riden tes espermatozoides espectros duendes diabinhos demô nios malditos querubins de cabeça de abutre e cauda de burro—————pingos fúnebres no peito —————— abafo o sopro e as batidas das tábuas e das cordas —————— inter num compasso impossível rompo o lúgubre séquito.

o que chopin 2

pelo aberto entretampo do piano———a um golpe:
do pedal e das pálpebras se elevando———desatam-se
os cabelos em ôndulas de laca e luz, preto e prata, brilho
e breu———pupilas onde a cabeça é um corpo de
ideias, parpadear de pêssego-pelúcia, de seda as sobran

celhas, de beijo as pestanas, ouvidos de brincar, pescoço
de lábios, espáduas de queixo e queixume, dorso de
espinha de espelho medular despido de panos, boca de
palavras abertas, peitos de trincar, bicos de dentes, bar
riga de ruídos, bunda de palmas, umbigo de perfume,

delta de pelos, pelos de pente, quente bolsa da vida,
pernas de mordiscos, plantas de pés de cridança e florriso
andaluz———suspiro———baixinha———en

bonpoint——————sustenido——————sandices em to
dos os sentidos. or or du devant et du dérrière, operam et

ospermam perdidi, meu sotaque brincalhão——————be
mol——————dedos dedilhos dedões——————dali, do
bojo sombrio e tumbal, onde as cordas se percutem
como tripas, desprendendo-se dos labirintos das impres
sões digitais do tímpano do pentagrama——————em

plena audição, diante de toda a plateia, como que à
claridade suspeita de acordes chiando nos candelabros
e nas pontas ardentes dos pavios e espermacetes aos
meus lados——————quando no transporte do dever e
do devir, as pernas é que bombeavam ar para os tubér

culos——————e só eu vendo, como se pela libra ven
dessem vendas com os bilhetes, negrividente pleyel
——————também emovaldemosa, o ar das ondas inchan
do como esponja, abóbadas de pó do corredor de doze
portas, o doido dom pepe batendo de cajado e respon

dendo presente! pelos padres defuntos——————apare
ceu-me súbita úmida iridescente em minha direção do
fundo do mundo em borrasca, líquido relâmpago escor
rendo pelas roupas e pelas pedras das paredes molhadas
da cripta, quando os dedos deslisavam pelo preto e pelo

branco em pios e arrepios——————sobre o fundo velor
rubro de reposteiros e bambolinas, pela fenda insondá

vel do ataúde-gengiva, em arranques meandrinos, em
golfadas como os beiços expelem, os do peixe os peixi
nhos, fluidos balõezinhos, desdenhosos, pulsantes, riden

tes espermatozoides, espectros, duendes, diabinhos, de
mônios, malditos querubins de cabeça de abutre e cauda
de burro————pingos fúnebres no peito————aba
fo o sopro e ao batidas das tábuas e das cordas————in
ter num compasso impossível rompo o lúgubre séquito.

aquelarre

Vobis imperat ista magis.
[A feitiçaria domina vocês.]

PROPÉRCIO, III, 19.

A cena representa um misto de garagem, galpão e arma-
zém abandonado, transformado em câmara de reunião
de sociedade secreta. Dois ou três vitrôs elevados, com
basculantes, parcialmente recobertos de cartolina preta
grudada com fita crepe. Preserva-se algo de respiradou-
ro, para circulação de ar. Fuma-se no ambiente. Um que
outro baseado, uma que outra cafungada, um pico mais
raro. Bebe-se; muitos portam frascos. Pneus, partes de
carros, carretas, tratores; móveis velhos, velhas benefi-
ciadoras de café. Ambiente em hemiciclo, entre tribu-
nal de justiça e terreiro de candomblé. Bandeirinhas,
mastros, estandartes. Arquibancada com três ordens de
assentos, com carteiras de pranchetas de várias proce-
dências. Chão de piso cerâmico. A presidência, com três
poltronas e mesa, um pouco mais elevada; atrás, parede-
-painel de honra, desenhos de duas cruzes, normal e in-

vertida, e dos signos indicativos de sexo, sob uma grande reprodução do "capricho" de Goya intitulado *Sopla*. Num soclo duplo, uma bandeira brasileira e o estandarte da sociedade-movimento. Neste, vê-se inscrito o desenho de mão guerrilheira portando arma automática com cano para cima, em torno do qual leem-se as iniciais MFP – Movimento Foder é Poder; na parte superior, lê--se "Democracio"; signos vermelhos, debruados a ouro, sobre fundo azul; no M, para onde aponta o cano, um púbis com racho feminino; numa das hastes do F, um pênis. No centro, o dromo-altar, uma cama redonda, sob lâmpada de luz regulável metida em quebra-luz, de onde pende um grande anjo "CUPEIDO" (caralho com asas e cu), cujo peido é um balão onde se lê PRASSER! Em torno do dromo, elaborados riscos coloridos de Exu gargalhada, à Klee e Miró, desenhados no chão. À direita e à esquerda, "cupeidos" de cartolina recortada, com os dizeres "Sacristia" e "Confessionário", indicativos dos sanitários.

Figurantes-galera, com e sem nome, no degrau de cima; membros não graduados, no central ou mediano; os dignatários ou principais, no inferior, tendo atrás, coladas ao degrau, reproduções de caprichos goyescos: *Se repulen; Lo que puede un sastre; Subir y bajar; Ensayos; Volaverunt; Quién lo creyera; Buen viaje; Donde vá mamá?; Allá va eso; Aguarda que te unten; Linda maestra; Devota profesión; Si amanece, nos vamos; No te escaparás; No grites, tonta* etc.

As personagens principais, membros efetivos da confraria, estão nuas do pescoço para baixo, assentando-se sobre capas double-face, rubro-negras, O público da arquibancada, em roupas variegadas, da gravata ao punk. Máscaras e chapéus. Quatro grandes candelabros de pedestal, no centro, cercando a cama; muitos aparadores com velas de todos os tipos, iluminando grafitos nas paredes, sprays verbais e não-verbais: Bode/Body, Marx, Xangô, Peirce, Iansã, McLuhan, Semiótica, Mãe Menininha, Maharishi, Cupaubuceta Brasil, Peido Terra, Peido Água, Peido Ar, Peido Fogo etc. As personagens portam faroletes e megafones. Um ambiente de constante agito som-e-luz. E cheiro. Som, caixas, microfones para a presidenta e para o pódio com estante, ao lado da camaltar. Vídeo. Mas tudo deve ter um ar um pouco precário, como os materiais de ensino preparados para o 2º grau. A música ambiente de abertura é um rock-balada, onde vozes sussurram as expressões: *Quem pode fode / Quem fode pode.*

1. PERSONAGENS

Capona – Baixinha, moreninha, altinha, branquela, magrela. Olhos verde-bosta. Cabelos longos, repartidos ao meio, metade fosca, metade brilhante de banha e grudada ao sovaco. Em certos momentos de decisão, deve bufar: "Eu fedo!" Em outros: "Eu peido pela cona". Chefa da sociedade-movimento, da gestão e da sessão. Quando ri, enruga a cara inteira até ao branco dos olhos.

Veada – Ruiva esquelética, sardenta de um lado só da cara. Não tem pelos no púbis, mas só nos lados internos da coxa. Usa dois telefones como brincos. Uma tatuagem no monte-de-vênus: um caralho com a glande quase inteiramente seccionada, sangue gotejando no racho desbeiçado. Um colar de cus. Borrifa a boca com minibomba onde se lê "Porra!" Chifres nas costas, com um Cristo crucificado.

GRELO DURO – Fazendeira ex-hippie. Viveu no Novo México e no México, em cuja universidade iniciou pesquisas sobre o vampirismo lésbico na América pré-colombiana. Transa o espaço e a grana para a sociedade-movimento. Transexual fracassada: nunca sabe onde sente o tesão. Completa o triumvirago.

ANDRÉ ANDRADE – Homem de pau médio. Convidado especial.

MPGAY – Discutecário das sessões. Mão sonora do Cujo, gayato pivete de Mefisto, opera por oxímoros e oxiuros.

XIXI-COCÔ – Jeito curiboca. Celulite na cara. Peida pela boca com chiclé de bola. Tira os dentes da frente, como pontes levadiças, para chupar. Impotente atrás e na frente. Tem um sentimento trágico da vida. Pesquisa ritos e mitos. Gosta de mijar nas mãos.

SINHÁ PATINHO FEIO – Orelhuda, milionária, católica praticante. Deflorada pelo pai cego, aos nove anos. Aquele olhão perdido de quem não cabe em si de descontente.

LACANAL – Contrarregras. Auxiliar da Veada, para quem compra pomadas e ass-cessórios. Energética.

CURALHO – Desmunheca no reto. Estudioso do reteatro brasileiro. Quando enfia o dedo, não sabe onde. Funga.

MARIA VATICANUS – Fez poesia religiosa marginal. Banhas ao sol. Acredita em levitação. Dá uma mão pra Grelo Duro.

Travestículo – Gilete. Apresenta-se de caça-rapaz. Muito exibido. Viu Pasolini na Via Vêneto. Gente é feita para brilhar, taco de duas bolas e, ao menos, três caça-pas.

Cunete – Gente finíssima, 23 ânus. Lótus dos jardins agro-urbo-industriais cariopaulistas, mestra de chás e ervas, das bostas do Ganges e dos mijos de Machu-Picchu, requintado garfo de bunda de restaurantes chineses, buceta alto astral de sua classe, mãozinha punheteira ideal do alter-ego, cuntestinal ying-yang dos túneis da alma, cu em diversos sabores, provadora reich-junguiana de todos os *orgones* self-culturais verde-amarelos a 15% ao dia, em tempos apocalípticos de inflação a 300%, boca de romã estourada lentamente, bundinha de pêssego quentinho devagar, axilas de beijos de pitangas, olhos lambidos pela luz dourada dos laranjais, pálpebras róseo--roxas de peregrinações filipinas, cripturista de Epcot e Tsukuba, dedinhos tantra-almofadados do grelo e do cu, bruxa perfumada do id, erva-doce do ego, pimenta do super-ego, namorada do vácuo quotidiano.

Analgésico – Veado farmacêutico semiota.

Grünbeira – Imitador barato.

Kuss-Kuss – Atletona pederasta.

Écuação– Camisa-verde anarcomarxista. Ex-revolucionário cênico.

Cuntacta – Secretária da Xixi-Cocô.

Piçuda – Ajudante de ordens da Capona.

Peidro e Paulo – Leões de chácara, veados do tipo *macho-man*. Portam cógulas na cabeça e no cacete. E também chicotes.

Três Bruxos Velhos – Aposentados, desdentados, sar-rentos.

A Menina – seis anos.

A mãe da menina – vinte anos.

2. O JURAMENTO

A Capona se apresta a dar início à sessão, com a leitura coral do juramento. Mete o chapéu de gangster com um cupeido luminescente na copa, grita com a Piçuda – Sua putinha cornuda, apague a luz! – e começa (cada qual metendo a máscara de ocasião, acendendo a sua lanterna e abrindo a pasta-simpósio):

– O Corporgasmo nos conduzirá ao estupro final do sistema.

(*Coro*)   Cabeça cabeça
Cabaço cabaço

– Os sistemas passam. Só o Corporgasmo é metassistema.

Rebenta rebenta
No cu só pimenta

– O corpo é o IV Reich.

Torrone torrone
De orgone de orgone

– Juramos seduzir e entregar o sistema.

No peito no peito
No peido no peido

– A liberdade passa pelo prazer, não pelo trabalho.

Cricalho cricalho
Cumalho cumalho

– Juramos provar de tudo, juramos contar tudo.

Fufucka fufucka

A honesta é maluca

– O medo é a mensagem, o terror é a massagem.

Garrote garrote

Na bunda chicote

– O domínio do código leva ao domínio do sistema. O sistema é corrupto. Nós vamos dominar o código de corrupção do sistema, pela exaltação do Corporgasmo. O MFP usa a cabeça para subjugar os corpos e os corpos para subjugar as cabeças.

Foder é poder

Poder é foder

(Todos se levantam, erguem o punho direito e repetem três vezes, ritmando marcialmente com o pé)

Foder é poder!

Poder é foder!

GRELO DURO (*depois de cochichar com a Capona*) – Antes de darmos início ao próximo segmento, a Maria Vaticanus vai ler o seu *Cântico Catártico*, composto especialmente para a sessão de hoje. (*Aplausos*)

(A Maria Vaticanus vai ao pódio, desdobra um papel sobre a estante, abre os braços em cruz e lê, declamando:)

Não é em casa, mas aqui

que se mija

Não é em casa, mas aqui

que se peida

Não é em casa, mas aqui

que se caga

Não é em casa mas aqui
que se vomita
Não é em casa, mas aqui
que se arrota
Não é em casa, mas aqui
que se fede
Não é em casa, mas aqui
que se cospe
Não é em casa, mas aqui
que se põe pra fora
todos os males do bem
todos os bens do mal

(Aplausos discretos) (Fade out)

3. OS RELATOS E AS PRENDAS

(Peidro e Paulo fazem soar trombetas de plástico, com a abertura recortada e pintada em forma de bunda. Desce um cartaz:)

Ed elli avea del cul fatto trombetta
DANTE, *Inferno*, XXI, 139

CAPONA – Antes, ainda, dois agradecimentos. O primeiro, muito especial, a Grelo Duro, que conseguiu assegurar por mais um ano o nosso local de reuniões. (*Aplausos, exclamações: "Boa, Greluda!"*). Em segundo ao André Andrade, que acedeu gentilmente ao convite para participar de nossa Sessão Magna e que está disposto – sem compromisso iniciático, por enquanto – a trabalhar pela causa junto a machistas e machões. (*Aplausos. O homem se levanta e agradece sacudindo a cabeça do caralho.*) Passo agora a palavra à Veada, que vai coordenar o primeiro segmento.

VEADA – Vamos aos relatos e prendas desta noite. Lembro, uma vez mais, que os relatos, demonstrações, confissões e delações serão avaliados segundo os níveis A, B e C, conforme a planilha que os membros efetivos receberam à entrada. Os de nível C terão de pagar prenda no Altar das Penistências. Os de nível B poderão assistir e até participar dos ritos de iniciação, e quem obtiver o nível máximo, além de ter um desejo atendido aqui mesmo, passará a integrar a Comissão Prepuciatória, que organiza as pautas. Estão inscritos para hoje, pela ordem, a Sinhá Pato, o Curalho e a Cuntacta. A nossa colega Grelo Duro funcionará na promotoria, para as satisfações que se fizerem necessárias. Lacanal, sua pentelhuda sacana, traga a Sinhá Pato para o pelourinho.

(*Lacanal vai buscar a Sinhá, que vem descalça, envolta na capa. Lanternas nela. Lacanal retira a estante.*)

GRELO DURO – Abra a capa! E daí?

SINHÁ PATO (*falando pra dentro*) – Voltei a transar com meu pai...

GRELO DURO – Mais alto!

SINHÁ PATO (*empertigando-se e ganhando coragem*) – Voltei a transar com meu pai! Pela minha namorada, que não pôde vir hoje... Ela não acreditava... Queria assistir, escondida... Impus algumas condições...

GRELO DURO – Que condições?

SINHÁ PATO – Condições, ora!... Uma única vela acesa...
Só uma chupada e uma trepada... Aquela música do
Joy Division, *O Amor É que Nos Separa*... Mas depois,
ele fez questão de pôr aquela coisa antiga, *My heart
belongs to daddy*... (*risinhos abafados*)... Um cheque
visado de trinta milhões... E ele tinha de usar más-
cara!...

GRELO DURO – Ah, é? Alguma especial?

SINHÁ PATO – A que ele quisesse... Usou uma daquelas de
papelão, de carnaval, com elastiquinho, com a cara
do Magro.

BRUXO 1 – Acho que teve até piano...

BRUXO 2 – Por que?

BRUXO 3 – Um dos dois toca?

BRUXO 1 – Não... Acho o caso muito edipiano!...

GRELO DURO – E o voo cego, como foi? Você gozou?

SINHÁ PATO – Deus me livre!... O meu clitóris ficou
mais gelado do que palito de picolé!... Ele sim,
mesmo bêbado... Me lambuzou toda... Mas quando
ele subiu pro quarto pra dormir, aí então, minha fi-
lha!... Nós duas ficamos rolando no chão, mijando
de gozar e de rir do palhaço... Ele tinha preparado
uma senhora ceia, dizendo "Uma santa ceia para
a filha do puto"... Peixe com trufas e champa-
nhe francês... Só que era seco e eu prefiro meio
doce... E o merdão, achando que estava agradando:
"Demi-sec, mam'selle? N'avons pas. N'est-ce pas,
papa?"... Bebemos de gargalo e vomitamos uma na
outra... Foi um sarro!...

GRELO DURO (*dirigindo-se à Mesa*) – Eu estou satisfeita.
Vou recolher as papeletas.

(*Passa as papeletas à Capona e à Veada, que procedem à avaliação. Sinhá coça a barriga de nervoso. A Veada anuncia, como um anjo de Fra Angélico:*)

– Nível B!

(*Aplausos, gritinhos, assobios.*)

CAPONA – Como prêmio, você terá o direito de iniciar a sua culegalzinha na próxima sexão!

(*Palminhas. Alguns elementos gesticulam masturbatoriamente. Trombetas. Musak.*)

VEADA – Agora, com vocês, o Curalho!

(*Voltam-se todos para a personagem. Pede que só uma lanterna o acompanhe e só fique acesa a lâmpada central. Roda a capa como baiana e como toureiro e vai para a cama, levando um espelho de certo tamanho e um estojo.*)

CURALHO – Bem, gente, eu preciso de um assistente... (*Voltando-se para alguém no escuro*)... Trasvestículo!... Venha, venha... É o meu pivete incrementado...Pode ser que vocês já tenham ouvido falar... mas pouca gente já viu e já sentiu como é que se faz um meicupe, uma maculagem, uma maquiagem do cu!... Pois é... Aprendi com a Valéria, no Rio de Janeiro, durante as filmagens de *O Pigmeu de Iracema*, aquele filme do Julião... onde rolou muito mais coisa do que película... Não é mesmo, Ticulinho?... Segure o espelho assim, para a plateia ver... Agora é que as bonecas vão ver o que é a face do espelho... Ilumine o estojo de Pandora... É uma espécie de receita cu-linária... Bem, gente, agora me deem uma mãozinha e um olhinho, com os focos das lanternas... Assim...Bem... Primeiro, um pouco de vaselina no reto... Esqueçam a manteiga rançosa do Marlon Brando e essas pomadinhas de merchandising de revestinha pornô... Alegria é uma coisa, alergia é outra... Uma vaselinazinha para dentro do olho do cu, o canal de Diônisos... Dizem que é bom contra a Aids... Não pode deixar escorrer, depois que esquenta... Isso... Me dê aquele lencinho de papel... A Valéria me disse que tudo começou quando ela resolveu levar a sério, profissionalmente, aquela piada que rolou no tempo da Bossa Nova... aquela da Dolores Duran (cujo nome Deus tenha em bom lugar!), que falava em "enfeitar a noite do meu bem"... Aí, limpe a pele com creme de limpeza... Em seguida, passar uma loção adstringente nas estrias... Aí, a base normal...Assim... Ajeite o espelho, menino!... Agora, o macete... Aplique a base corretiva branca, mas com uma leve mistura de pó de café... Uma sinestesia bem estranhazinha, de cor e cheiro... Então, empoar um círculo, em degradê... do centro para as periferias convexas externas, nádegas, ancas e coxas, ao gosto... Agora, o mais importante: lápis, para o olho... dois, aliás, um bem marcante, outro esfumaçado... Aí, então, o pincel para a sombra, duas ou mais cores... Um rimelzinho não vai nada mal... Então, blush com pincel... Para acabar, aquele batom vertical!... Mas ainda não acabou, não!... Vocês estão apenas no platô... Falta a resolução orgasmática de terceiro grau... A árvore de Natal junto com Papai Noel!... Luzes!... Agora, Tiquinho... Deixe chover lá de cima... grudando naturalmente... Purpurina... Júpiter chove ouro no danado do seu Ganimedes... (*Vai virando a bunda, de catacavaco, para o público. Lanternas*)... Um sprayzinho com gosto de fruta, ao jeito americano, também é válido...

UMA VOZ FEMININA (*audível devido a um hiato de silêncio*) – Uma musiquinha brega de circo até que não ia mal...

CURALHO (*picado*) – Não achei graça nenhuma. Não sou palhaço. A maquiagem do cu é uma arte, fique sabendo. Mas quando a gente vê a bunda seca de certas donas...

CURALHO (*irritado*) – E para quem tem um fedor a mais?!...

CAPONA (*interferindo com marteladas de pau*) – Camarada Curalho, a sua explosão emocional antifeminista e antifeminina não tem cabimento aqui dentro!... Seja agressivo *com o sistema*... E não fique se deleitando em esteticismos inócuos!... Veada, desculpe: prossiga.

VEADA – As papeletas, por favor.

(*Reboliço, consultas, cochichos.*)

CAPONA (*anunciando*) – Nível C! Tem de pagar prenda: duzentos paus ou a prova do cupeido!

CURALHO – Ah, não!... Essa, não!... Isso é golpe baixo!

UMA VOZ – Ih, pronto... Deu rebosteio!...

CURALHO (*em crise-chilique*) – Ah, não... Essa eu não vou engolir!

CAPONA (*martelando e gritando*) – Peidro! Paulo!

(*Os dois mastins crescem para o Curalho, que não oferece resistência e se entrega em lágrimas, à la Gustave Moreau.*)

PEIDRO (*afastando Travestículo pelo cangote*) – Vê lá o que vai dizer por aí, hein, malandro!

(*Curalho é colocado de bruços, dobrado, sobre o encosto de uma velha poltrona recoberta de pano estampado, diante do altar de penas e penistências, representado por um aparador dourado e lascado e uma reprodução do* Trágala, Perro!, *de* Goya. *Aplicam-lhe o cupeido.*)

PAULO – Peida, condenado, peida!

(*Curalho bufa. Finalmente, um débil flato. O fálico instrumento cai ao chão. A bunda se borra e escorre. É arrastado para o seu lugar. Enrola-se na capa, soluçando. Soa a trompa.*)

CAPONA – É a sua vez, Xixi-Cocô.

XIXI-COCÔ (*dirigindo-se ao dromo-pódio, com ares de nobreza, erecta e cúbica, arrastando brilhante toga de seda, presa por alça prateada do pescoço à axila esquerda, cauda sustentada pela Cuntacta. Declama com poses de Saint-Just, frondeuse:*)

> Um dia será um grafito
> Curtido por toda a gente:
> Por subitâneo interdito
> Somado a coisas da mente,
> Por revolta do intestino
> E do clitóris menino,
> Não tenho prazer na frente
> E não tenho prazer no rabo.
> A sorte me foi mesquinha:
> Paguei a conta do diabo
> – Mas hoje ele paga a minha!

MARIA VATICANUS – E não é que ela também ataca de poeta!

PIÇUDA – Uê, você não sabia? Ela é pu... eta!

XIXI-COCÔ (*fuzilando a Piçuda com todos os lados dos olhos – mas prosseguindo*) –

> Eu era normal, feliz.
> Era rica, jovem, bela,
> Sendo ele meu marido,
> Minha namorada – ela!
>> Na prova do anel
>> Do Hans Carvel
>> Ninguém foi fiel!

BRUXO 1 – O Rabo Leva que o diga...

BRUXO 2 – ... Rabo Levava...

BRUXO 3 – ... Bem-me-cuer... mal-me-cuer...

BRUXO 1 – Rabo Lelé!...

XIXI-COCÔ – Um me roubou o outro.
> Casaram-se os traidores,
> Carregando os meus orgasmos
> E só me deixando as dores!
> Custaram-me dois anos
> Os trabalhos da forra.
> Mas foi tripla a vingança,
> Pois eu sacudi a porra
> De Sodoma e de Gomorra
> Na mãe, no pai – na criança!

(*Senta-se a Xixi-Cocô no chão do dromo, com as duas mãos no peito, e se põe a narrar. A narração pode passar para* off, *e a cena ser mostrada ao vivo, em cine, vídeo ou holocinevídeo:*)

Não fiz serviço, trabalho ou despacho com guru, gurua, guia, mãe ou pai de santo qualquer... feiticeiros fajutos que andam por aí aos montes... Não! Descolei uma bruxa de verdade... uma feiticeira de feitos e fatos... de feiuras... de tesões e tições!...Ela vive no porão de um sapateiro entrevado, em Mauá... Não são muitos os que curtem a velha Tia Júlia... Tive até um pouco de vergonha de entrar no quintal com o meu Escort vermelho... Já estavam lá um Mercedes e um Galaxie... O sol caiu...Fazia frio... Tivemos de entrar de gatinhas, a Cuntacta e eu... Só uma lamparina acesa... Um bafio de rato morto... Uma trempe com braseiro... E ela na banqueta, de pernona aberta em baixo da saia encarvoada, jogando na brasa brotinhos, raízes, sementinhas, que estalavam, faulhavam, chiavam, cheiravam... Heléboro... Hipômano... Era de dar barato... Fungava... Chegue mais perto, minha filha... Você cheira bem entre as pernas... Você está nervosa... O sovaco queima o perfume da cabeça... De joelhos, ficamos cara a cara... Tinha um fichu... Um cheiro de mijo, merda velha, porra, fuligem... Antes que eu falasse qualquer coisa, me agarrou pelas orelhas e me tascou um beijo chupado, escorregadio, a boca murcha como flor sem água, gengiva banguela, língua gulosa como clitóris de esponja de isopor salivada... Deu uma risadinha de cômico de televisão infantil, me apertou os peitos com todas as unhas, pegou um galho de arruda, passou pelo braseiro... estalo, estrelas de cheiro...depois se pôs a passar pelos meus ombros, pelo redondo da cabeça, pelo contorno do corpo como aura... me fez baixar o jeans e a calcinha... quase queimou meu umbigo... encostou nos pentelhos e na xoxota... nas coxas, nas pernas... Os pés, os pés! Mostra os pés!... e dizia:

Vai ter o que pede
Se a bolsa não mede
Bolseta
Bolseta

Entre branca

E saia preta!

Soprou cuspindo na minha cara (*Xixi-Cocô imita a strega babando:*) O que você quer, minha filha?... Eu disse que queria aprontar uma boa praquela sirigaita que me roubou o primeiro marido e que agora estava grávida dele... O que você quer, minha filha?... Eu quero que ela tenha um filho doente, defeituoso, mongoloide, talidomídico, qualquer coisa desse gênero... Trabalho feio... Trabalho caro... (*Xixi-Cocô vai tirando da sacola algo de pano*)... Não basta trazer peça íntima limpinha... Tem que ser com marca... Uma calcinha suja de mijo, merda, corrimento... Ou um módess usado, é mais forte... E bebida cruzada para um dia de festa e fodança, aniversário, comemoração dos dois, dia das mães, essas coisas... Tia Júlia, esta é minha amiga, ela vai me ajudar... Com amiga, veia ou sacana, passa logo a grana... Tamborilava os dedos uns nos outros e se pinchava pra trás com o corpo, como se fosse cair... Paga a metade já... Um milhão, um milhão... Tudo muito caro... Na prova do trabalho, o resto... Só dinheiro contado, notas não muito grandes... Cobriu a cara com o avental, saia em trapos, nada embaixo, um pacová ralo e murcho entre as coxas dachauescas estriadas de velhice e carvão... Entreguei o paco... Palmas das mãos em concha sobre as pernas... Agarrou, girou três vezes na buceta-banqueta, perdigotando à meia-luz:

Medeu Medeia

Medeia Medeu

Coisa feita
Coisa feita
Quem não diz não
Aceita!

Passava as garras no meu rosto, os olhos queimavam mais que o braseiro... Qual o nome dela, minha filha? Célia. E o dele? Lúcio. Onde é que eles moram? Ribeirão Preto. Café... café... muito café... Muita gente que não presta, Mestra... Muita cafajesta...

Aí, pegou um pandeiro com fitas, pôs-se a tocar desajeitada, dando uns trejeitos de corpo dançado, girando... A cada volta, parava na minha frente: O que você quer, minha filha?... E você, presta?... Se você presta, eu não presto... Se você presta, eu não presto... Se você presta, eu não presto. Mas se você não presta – aí, sim, eu presto!...Diga: Eu não presto... Presto... Não Presto... Não presto... Presto... Volte com as coisas, apronto tudo numa semana. Você mesma vai ter de entregar e dispor... No escuro... Você vai de boca preta... A Cuntacta foi saindo na minha frente, a bunda dela tremia... Nisso, um peido fedido, um galho partido, um novo podre... Olhei para trás e vi a Tia Júlia de cu pra cima... Um buraco escuro no buraco escuro... Continue você, Cuntacta... Conte, conte, eu não estou legal...

(A Cuntacta se ajeita no chão exíguo, acolhe Xixi-Cocô sonolenta e em transe, no seu colo, pietá de um sexo e enquanto a acarinha, vai contando:)

– Bem, resumindo... Compramos e preparamos tudo o que a dona Júlia disse... Levamos pra ela trabalhar e nos devolver... Uma galinha e uma bonequinha do tamanho de um dedo, as duas de cera preta... Um ovo preto... Uma garrafa de champanhe com um risco preto atravessado e mais nove velas pretas... Losna, fígado seco de sapo, dois vasinhos de chumbo, um nó de cordão umbilical... Uma latinha de merda da Xixi... Também um vidrinho de mijo... três moedas roubadas... uma faca sem cabo e sem ponta, uma toalhinha de pano preto, fotos das vítimas... Que mais?... Algo moderno, alguma coisa que viesse da garganta: uma fita gravada... Ah, a calcinha e o módess, que eu consegui com um amigo de Ribeirão... (Ele teve de transar até com a empregada, calculem vocês!) ... E aí, numa noite de sexta-feira, de lua nova, no muro do cemitério São Paulo, improvisei um altar... Sprayei um diabo, dispus as coisas na toalha, cortei o pescoço da galinha, que já estava bêbada e com um capuz na cabeça, molhei a bonequinha de sangue, enfiei no cu da galinha... sangue por toda parte, eu segurando pelo rabo... ficamos todas salpicadas... a Xixi iluminando com a lanterna de dentro do carro, saímos tremendo, correndo, diretas para um banho!...

CAPONA (*um pouco impaciente*) – Bem, e aí?

XIXI-COCÔ (*despertando e empinando a cabeça*) – Aí que, menos de três meses depois, nasceu um menino com um pé torto – e com três dedos ligados! A marca do Cujo!... A marca Dele!... Do Cão!

OS 3 BRUXOS – E a marca dela!

(*Irrompem aplausos, assobios, pateada, empolgação. Xixi--Cocô agradece como atriz, e volta como veio, a Cuntacta atrás. Beijinhos, abraços, gritinhos de "já ganhou". Recolhem-se as papeletas. O nível é "A". Toda a confraria entoa o:*)

Hino do Nível "A"

Bucetuda bucetudo
Cusuda cusudo
Peituda peitudo
Sovacuda sovacudo
Sacuda sacudo
Linguaruda linguarudo
Cabeçuda cabeçudo
Cabaçuda cabaçudo
Punhetuda punhetudo
Cabeluda cabeludo
Bocuda bocudo
Chupuda chupudo
Porruda porrudo
Foduda fodudo
Poderuda poderudo
– Você está com tudo!

(*Alarido, festa, serpentinas, confetes.*)

CAPONA (*paciente*) – Bem, Xixi-Cocô, agora a prenda-prêmio pelo seu feito e seu fato... Pelo nosso regimento, você pode escolher algo normalmente anormal...

XIXI-COCÔ (*decidida*) – Eu quero ser surubada pela Grelo Duro, pela Cunete e por aquele gato que veio junto com a Piçuda. E o Peidro e o Paulo têm de mijar em cima da gente!

(*Acalma-se o agito. Segue-se a cena libidinosa. Extingue--se o foco, de luz central, lanternas em ação. MPGay hesita entre* Julia *e* Octopus Garden, *dos Beatles, acaba pondo*

*no ar a primeira. Enquanto os três se aproximam silencio-
samente de três pontos diferentes, rumo à camaltar, Xixi-
-Cocô se estende lentamente descontraída sobre a capa, so-
vacos para cima, como a Vênus, de Giorgione, cerrando os
olhos, largando-se num sorriso beatífico de canto de lábio,
murmurando: "Meu diabo... meu rabo... Meu capeta...
minha buceta".)*

Fade out

4. AS AÇÕES

Veada (*mostrando todos os dentes do cu e todas as unhas
da buceta*) – E agora, a prestação de contas das ações
terroristas! Em primeiro lugar, o guerrilheiro da
"Equação"!

Écuação (*dirigindo-se ao pódio brandindo um papel e falan-
do com ênfase ritmada:*)

> Equação!
> É-cu-ação!
> É coação!

A nossa revolução cênica não está só nas ruas! Está
nos becos, nos bicos e nos bacos! Nos escritórios,
nas butiques, nas lanchonetes-fanchonetes, nas
lojas, nos bancos! Mostraremos a bunda a quem não
pagar proteção à nossa causa! Bundas com causa!
Culoridas! *Buntebundesrepublik!* Estamos organi-
zando uma *blitz* de leituras para descolar grana:
Shakespeare, Oswald, Sófocles, Nelson, Beck, Odu-
valdo, Brecht, Pirandello...

Bruxo 1 – Costinha!

Écuação (*ecuecuacionando*) – Sim, e por que não? Costinha! É-cu-ação! É-coação! Esta é a equação da revolução!

Bruxo 2 – Eu disse: de costinhas...

Bruxo 3 – ... e com bostinha!...

Écuação (*fazendo-se de desentendido*) – São as palavras em liberdade do novo teatro revolucionário popular – NTRP!

Bruxo 1 – No Traseiro Rola a Pistola!

Écuação (*exaltado*) –

> Um dois
> Um dois
> Grana primeiro
> Granada depois!

Bruxo 2 – Grana primeiro...

Bruxo 3 – ... e nada depois!

(*Rolo na arquibancada.*)

Écuação – Sarava Bacu!
Evoé Xangozo!

Um adepto – Viva a É-cu-ação!

Capona (*martelando*) – É-cu, lembre-se de que a nossa Carta de Intesões veda manifestações paralelas, para não dizer dissidências!

Écuação (*erguendo o punho que amassa o manifesto*) –

> Um dois
> Um dois
> Grana primeiro
> Granada depois!

Dois adeptos (*um, empunhetando um cartaz com o refrão acima; outro, um estandarte elaborado: uma constelação com cinco cifrões inscrita num círculo; acima dela, a expressão "Prasser!"; abaixo, "Cuseiro-Cusado do Sul"*) –

> Equação
> É-cu-ação
> É coação
> Um dois
> Um dois
> Grana primeiro
> Granada depois!

Capona (*ordenando à Veada*) – Chame o próximo!

(*Aos trombeteiros:*) – Toquem! (*Aos leões de chácara: um estalinho de dedos*)

(*É-cu vai perdendo o pique e se recolhe ao seu self anustural, não sem antes ouvir o*)

Grünbeira (*dando uma força*) – O cu é isso, companheiro! Analuê!

(*Chamada, a Kuss-Kuss vem de pacová raspado, com um grande batom enfiado no racho, tamancos de salto alto e um assecla barbudinho de biquíni.*)

Kuss-Kuss (*trejeitando como vedeta, mas variando a posição de "descansar" militar*) – Bem, gente... o Zenbunda, aqui, que é um mestre de sensibilização aeróbica, tanto para meninos como para meninas, foi o coordenador do Acampamento dos Esquilinhos, este ano... lá em Itatiaia... Ele nos deu a maior força... Seis colegas minhas, dezessete meninas e doze meninos: uma turma incrível!... As crianças estavam a mil!... Transei com três colegas, cinco meninos e dezesseis meninas... umas gatinhas... com fuminho e tudo... Marquei presença, isso eu posso garantir para vocês!... Não vamos esperar que se corrompam depois!... Cada bundinha... cada xoxotinha... cada peitinho... cada cuzinho... cada pauzinho... cada boquinha... cada mãozinha!...

Numa noite, fizemos um nó de treze, na minha barraca!... Todo mundo amordaçado, para não fazer barulho... Só uma lanterna fincada num canto... Fumo e vodca... Que olhinhos... que linguinhas!... Marquei presença, isso eu posso garantir para vocês!... Era o que eu tinha a dizer!

(*Aplausos*)

5. AS FOFOCAS

(*A serem distribuídas por cenas e obscenas diversas*)

– Ele está dando de pé? Ah, vá... Não acredito!

– A Veada? Menina, depois que ela fez bodas de prata com o marido bicha, ficou impossível! Seduziu uma noviça rebelde e agora está a fim de comer um padre de vanguarda!

– A Capona dá de abelha-rainha. Faz todas as obreiras lésbicas trabalharem... para ela comer todos os homens.

– O marido dela tem oito pivôs de irrigação, a metade de toda a região. Cada um custa mais de cinco milhões de cruzados. E ela esconde bebida no armário e traz uísque nacional trazido da copa. Se ela fosse pau duro como é pão dura!...

– Eu assisti uma dessas iniciações... Uma parte é só entre os noviços, as três maiorais e suas ajudantes... E um ou outro consultor especial. Tem um *strip-tease* inicial... Um currículo pornô... uma infusão e um enema, um clisterzinho de cheiro... Corte, mistura e queima de cabelos e pentelhos... Sondagens de entrada e saída, chupações, punhetas, cupeidos em toda parte... Tomadas de medidas, com ficha técnica... Ameaças de curra... estalos de chicote... banho de mijo... Diplominha, imposição de capelo, juramento, nome de guerra...

– Essa mania de teatro revolucionário começou em Curitiba. Ele se formou em medicina e era metido a poeta. Ganhou o apelido de Dr. Cuvago. Deu para um sobrinho bastardo do Plínio Salgado – e teve uma revelação!

– A Capona dá a impressão de que goza sempre... Até pela orelha... Só que não faz ninguém gozar.

– Babaca, a Sinhá Pato? Mas é ela quem dá as dicas do dólar para a turma.

– Você já pensou quanto vale este armazém?

– Quando ele fica nervoso... tem um bodum! Mas estamos ou não estamos num democracio racial?

– Homem mesmo que é bom, até agora, só vi três.

6. *AS TAREFAS*

Coro dos Exutos da Força-de-Sapa (com Piçuda, Lacanal, Maria Vaticanus, Travestículo e MPGay), acompanhado de uma Dança de Eguns Caricatos.

(*Enquanto o coro canta e declama-relata, evoluem os Eguns Caricatos em suas roupagens-máscaras de tiras plásticas, apenas grunhindo expressões como "Prasser", "Muito prasser", "Foder", "Muito foder", "Poder", "Muito poder"*)

Somos mensageiros
Do mal dos terreiros

Trazemos as novas
E também as provas

Não há quem escape
Do nosso tacape

Artistas anônimos
Peidamos em nomes
        (pelo telefone)
Cagamos em cama
        (por telegramas)
Fazemos escrachos
        (pelos despachos)
Brochamos pirocas
        (pelas fofocas)
Somos más companhias
        (pelas baixarias)
E saciamos os nossos egos
No cu da alma dos cegos!

(*Lendo as tarefas. em jogral:*)

Em obediência à Mesa Menstrual:

– Três vezes ao dia, cinco dias na semana, por telefonemas anônimos informativos e ameaçadores, infernizamos a vida da chefa daquela nossa colega. que está a fim de namorar o marido e o filho dela.

– Finalmente, foi defendida a dissertesão de mestrado sobre "Os Falares Alagoanos e a Produção de Significado dos Sambões do Brás", que o Porão de Teses do MFP elaborou para o bolsista coreano June Pam Kim, namorado daquela nossa colega. Mesmo desconfiando, a Chefia do Departamento da Faculdade e a Banca Examinadora engoliram a obra – e a cobra – com casca, pele e tudo. E ela obteve nota dez, com distinção! (*Aplausos*)

– Estamos de posse da cueca usada do padre, para o trabalho daquela nossa colega.

– Aquela ex-mulher do vice-reitor, que estava transando com aquela professora de psicologia clínica, desta vez não pôde descruzar a nossa bebida e acabou indo para um motel com aquela nossa colega, usando barba e bigode! (*Aplausos*)

– A nossa Mata-Hari da Zona Norte conseguiu seduzir o jovem químico, para a produção doméstica de LSD e de absinto. Agora falta a grana para o laboratório, e ela está atrás de um fabricante de tequila falsificada.

– Desta vez conseguimos preservar o esperma daquele pastor protestante que nos quis denunciar, para a produção de um monte de bastardos de proveta.

– Um primo do nosso colega Analgésico já começou a trabalhar pela causa junto aos taifeiros dos barcos que aportam em Aracaju.

– Para terminar por hoje, enviamos ao sr. presidente da pós-república 112 telegramas exigindo a proibição do filme *Ecce Homo*, produzido pelas Unidades de Base das Faculdades Marianas de Codó, Maranhão, por conter sugestões odiosas de discriminação sexual.

(*Aplausos*)

Kuss-Kuss (*cochichando para a Xixi*) – Essa força-tarefa é muito bunda mole. Acho que aí tem proteção. Aquela mulher do vice-reitor, por exemplo, não passa de uma pobre ninfolesbicagona.

(*Soam trombetas*)

7. AS LEITURAS

Capona – Vamos dar início à sessão de leituras de hoje. São duas leituras-comunicação e uma leitura-magna. A primeira está a cargo do nosso colega Analgésico.

(*Desenrola-se uma tela, onde é projetado, em diapositivo, uma reprodução da* Pietà, *de Botticelli.*)

Analgésico – Novo corpo, nova alma, novo *self*-cultural – parece ter sido o ideal do Renascimento. Observem com atenção essa obra de Botticelli. Claro, pintada com pincéis, óleo sobre tela. Mas os pincéis se ocultam para desvelar e revelar uma escritura de corpos-pincéis sobre pincéis corporais... Uma iluminura corporal... Todo mundo envolto em panos, menos o Cristo, nu como um pênis entre mulheres e homens epicenos. Nu como um caralho lastimosamente amolecido, numa réplica oximoresca do seu início no presepe, a manjedoura. Mas, nesses drapejamentos maneirísticos, há um Outro, um Significante, um Ser, um Prazer, um Prasser, tão oculto e tão à vista quanto a carta subtraída, desviada, de Edgar Poe. E esse Outro é o próprio artista, que se assina com corpos alheios, comprazendo-se na escritura do próprio nome-corpo – enquanto assassina aquelas que lhe permitem ser no lugar do Prazer! Vejam, aí estão as iniciais "SB" – Sandro Botticelli! Todas as transgressões estão aí, as referidas por Bataille-Sarduy: o pensamento, o erotismo, a morte. Esses braços direitos que caem na vertical... esses esquerdos, em acompanhamento... essa pirâmide têxtil... os corpos tendo de submeter-se à imposição dominante de um Outro, messire Sandro Botticelli. A assinatura é a própria tela. A Virgem, Jesus, a Madalena, são obrigados a contorcionar-se em seus dramas, roupas e corpos, para ajustar-se ao nome do pintor, cujas iniciais se carnificam, roçagantes, suadas, enxugadas, choradas, envolventes e envolvidas, numa erotização sacroblasfema das mais impressionantes. O quadro pinta o pintor, seu nome e seu Verbo, em nome de Deus, da Virgem e do Espírito Santo. Parecem vísceras. Coisa uterino-intestinal-vulgívaga, misturada com circunvoluções cerebrais... A assinatura-sinete se impõe e apõe como metadiscurso... A linguagem do corpo, o corpo da linguagem... o homem da mulher... a mulher do homem... o deus do ser humano... o ser humano do deus... Aí temos a família incestuosa de Jung, perfeita!... E Sandro é o cúmplice... A deposição de Eros, a derrota aparente da libido – em verdade, uma desconstrução retórica verdadeiramente fingida, pois nela está inscrita a construção da criação, que leva o nome do pintor. A metonímia metaforizada é O TODO! Sandro Botticelli, por esse nó-iluminura exibicionista, eu te saúdo!

(*Aplausos culturais*)

Bruxo 1 – Aquela figura lá em cima, com cara de coroinha aposentado, parece que está brincando de cara ou coroa... Você já imaginou aquela coroa de espinho enfiada no teu pau, para mantê-lo erecto?

BRUXO 2 – E você já imaginou aquelas três flechas metidas no teu cu seco, para efeito de lubrificação a sangue?

BRUXO 3 – Eu prefiro o coroinha...

CAPONA – Lacanal, é a sua vez.

(*Projeta-se a* Ressurreição, *de Caravaggio.*)

LACANAL – Se no quadro anterior, como o Analgésico mostrou, todos os corpos sacroprofanos tiveram de enrodilhar-se incestuoso-eucaristicamente, desconstruindo-se para construir o nome do pintor, aqui todas as personagens fogem para os cantos, aterrorizados pelo castigo que pode advir da ressurreição-erecção vingadora e justiceira de um deus que flagra a humanidade inteira – e Caravaggio em particular – em escandalosas e obscenas cenas públicas de enrabação! Vejam a descarada posição deste anjo aqui... o olhar e gesto ambíguos em relação ao sujo e quase repugnante soldado da esquerda, já que está quase de cata-cavaco e absurdamente nu da bunda para baixo!... Do lado oposto, outro soldado mostra e oferece o lordo, que parece estar sob o escrutínio cuidadoso de uma cabeça de homem adormecida num feio buraco barroco, sob as asas do anjo... A espada e o escudo deste soldado adormecido, em primeiro plano, são falicamente insuspeitos. E ele está recostado num sarcófago de mármore, iluminado por uma lanterna, onde se pode distinguir muito bem, vejam uma cena inequívoca de sodomização!... E o todo forma um culhão com caralho levitando, ressuscitando, como a dizer: *Cosa stavate faccendo, schiffosi?...* O que vemos aqui é o desafio e o desplante de um veado confesso e agressivo, à espera do castigo – um *sodo*masoquista!...Na verdade, o mais perfeito discurso icônico sadomasoquista do século XVI! É uma confissão no ato da ressurreição, três séculos antes do plagiário Dali... Um formidável protesto... Uma gozação fantástica: o Santo Orifício contra o Santo Ofício!

(*Zorra entusiasmada das bichas, veados, entendidos, gays, travestis, transexuais, bissexuais de ambos os sexos, fanchonos e fanchonas, enrustidos e um que outro "leãozinho" presente.*)

CAPONA (*pondo os óculos*) – Calma, calma, gente!... (*Para as suas duas vice-presidentas* – Eles ainda não viram nada!)... A Veada e o Grelo Duro são as encarregadas da leitura magna de hoje... (*Enfática*) Com prazer, prasser, gosto e gozo, satisfação e tesão, elas vão apresentar os seus "Subsídios Sêmio-lacanianos para uma Leitura Psicanalítica do Brasil".

(*Soam os trompetes, com as primeiras notas do Hino Nacional.*)

VEADA – Comecemos pela conclusão: o Brasil não tem pai – só mãe. E a nossa mãe aí está!

(*Grelo Duro vem puxando uma cabra grandota em papier--mâchê, imitada da de Picasso, sobre prancha com rodinhas.*)

GRELO DURO – O Brasil não tem bode – só cabra!

(*Luzes coloridas e cruzadas, sons, risos, ohs, comentários.*)

VEADA (*no pódio*) – Na história do Brasil, há uma fundante, primordial, primal ocultação de cadáver, uma ocultação da Coisa que é a base do nosso *self*-cultural... Basta lembrar que o pau que deu o nome à nossa terra não é visto nativamente há mais de três séculos e meio! O pau-brasil já estava em extinção no tempo de Mem de Sá – cujo nome, de resto, é indicial e denunciador: ele próprio já não passava de meio homem! Pau-brasil, hoje, só em festinhas escolares idiotas, no Dia da Árvore... Quem é que acredita que os lusitanos tenham podido carregar tanto pau para as tinturarias da Europa? Então, ela seria melhor nomeada se se chamasse "Europau"!... Daí o nosso complexo de castração... Raposo Tavares não se preocupou com pau nenhum: ficou milionário vendendo índios para os engenhos de açúcar... Dizer que índio não trabalhava e não servia como escravo é um mito jesuíta – como se os pretos, que hoje rebolam no sambódromo, não fossem os índios da África!... E tudo virou caboclo pena-branca, umbandas e umbundas, quimbandas e quimbundas!...Milhões cultuam Iemanjá nas praias... Quem se importa com Coaraci? Quem foi que inventou o Brasil?... Foi seu Cabral, no dia vinte e um de abril, dois meses depois do carnaval... Prestem atenção no texto denunciador, arquetípico, do Lamartine Babo... Quem inventou, quem criou, quem descobriu o Brasil – quem foi o nosso Pai Pau?...

(*Grelo Duro, emendando*) – ...Um homem com nome de cabra! Vocês já deram uma espiada nas armas heráldicas cabralinas? (*Projeção de slide*)... Olhem aí: três cabras – e nenhuma marcada para morrer...

BRUXOS 1 – Hi hi hi... acho que estamos sendo arremedados.

BRUXO 2 – ... arremerdados...

Bruxo 3 – ... arre... marcados...

GRELO DURO – Ouçam as paronomásias, leiam os anagramas, as palavras sob as palavras, a mensagem sob a mensagem saussurianal, no textículo de Lamartine: desCOBRIU / BRAsil / ABRil... cabra e cobra... Seguido de que?... Do termo "meses", que não é senão o plural disfarçado de "mé" – o berro da cabra e o berro da cachaça... O berro da Nossa Mãe Brasileira, finalmente descoberta, desvendada, verdadeiramente aparecida!

(*Aplausos, uivos, pateios.*)

BRUXO 1 – Descabrimento do Brasil...

BRUXO 2 – Descabrimento do Cabrasil...

BRUXO 3 – Descabrimento do Cabrasil em Cabril!

(*Os três riem juntos para dentro, como de hábito.*)

VEADA – Mas a nossa história não para aí... O inconsciente trabalha na linguagem, ao longo dos séculos... 460 anos depois de nossa fundação maternocabralina, surge um pastor poético de cabras... Por mais que quisesse valer-se de Valéry, Mondrian e Jorge Guillén, foi atavicamente arrastado para as suas origens e raízes do Ser Nominal e Onomástico: João Cabral de Melo Neto... Que haveria de escrever algo sobre o fato de uma "cabra ser capaz de pedra"... Ora, gente: qual o prenome de Cabral? Pedro! Deixo a vocês o prasser de outras possibilidades de leitura pormenorizada, não sem apontar para o "mé", de Melo, e o "né", de Neto... Bem como para o fato de que a expressão "capaz de pedra" não é senão uma projeção morfofonológica espelhada de "Pedro" e "Cabral"... Tal como a Igreja, estamos assentados numa paronomásia, num trocadilho! (*Comentários empolgados, do tipo "genial!"*)

GRELO DURO (*prosseguindo errática*) – Quem é o Diabo?... Melhor seria se se chamasse "Noitabo"... Ninguém conhece a etimologia icônica do Diabo – a mais fantástica operação sígnica do cristianismo... Python, python, help!... O lado oculto da mente grega... A descoberta grega do inconsciente... Diônisos, Baco...

Faunos e sátiros... E a Grécia feita de pedras... pastores de cabras... cascos, bodes, chifres, rabos... Tal como o Nordeste brasílico-joãocabralino, agora em fase de extinção, graças à água abundante e desbundante... Tendo o país sido castrado logo no início, com o corte sistemático do pau-brasil, até o feminino teve de ir para o masculino: "cabra safado"... No Brasil, o paraíso é feminino... Não há bode... Mas a mulher brasileira não há de ser a cabra expiatória do sistema!

BRUXO 1 – Não há tragédia...

BRUXO 2 – ... só comédia...

BRUXO 3 – ... e bebédia...

BRUXO 1 – ... e cabrédia...

BRUXO 2 – ... e cumédia...

BRUXO 3 – ... com pão...

BRUXO 1 – ... cum pau...

BRUXO 2 – ... uma traguédia...

BRUXO 3 – ... uma trajenoite!

(*vaias dos outros dois*)

GRELO DURO – A Igreja transformou Diônisos / Baco no Diabo, no Demo, no Cujo, Coisa Ruim, para impedir o advento da Coisa... da Coisa Boa... Mas, se você tapa um buraco, a Coisa sai pelo Outro... Eliminado o bode, pinta a cabra... A Ordem da Cabra devia ser a nossa ordem... A chave e o chavelho: abracadabra!... Eis por que os analistas se espantam de que o pai não pinte em seus pacientes... Paz-cientes... Pai-cientes... Penistentes... Na verdade, são mãecientes... Só pinta a mãe, com o seu respectivo pinto... Foi isso o que Oswald intuiu, ao defender o matriarcado... de Dona Inês, sua mãe... de Castro... Mas o seu nome vinha do grego, *andros*, homem, macho... É a lei dos opostos, a operação dos oxímoros... Um caso raro de menino ligado à mãe – e que não virou bicha!...

Capona (*em tom de encerramento*) – Agora, a Veada e o Grelo Duro vão mostrar e comentar alguns vídeos com registros de depoimentos de "paicientes" – nossos e de colegas nossos. Antes, porém, uma questão de ordem. Uma futura colega, em estágio pré-iniciático, solicita à mesa, por escrito, aprovação para o nome de guerra que acaba de escolher – "Cubrita"... (*Relax geral. Risos e aplausos.*) Mas cabe à Comissão de Currículo e Nomes decidir, quando e onde couber.

Bruxo 1 – Muito bem esculhido...

Bruxo 2 – Um oxímoro "a tergo", pelo revés: um cu que brita em lugar de ser britado, já que se fala tanto em cabra e pedra...

Bruxo 3 – ... e como cabe ao ying do bode!...

(*Riem saudavelmente*)

Veada – Bem, Grelo, acho que podemos começar. (*Estalando os dedos para o técnico de vídeo:* Pode soltar.) (*Nos vídeos, moços e moças, homens e mulheres, quando não de carapuça, estão de bruços, falando metonimicamente: uma bunda, um pé, uma nuca, uma orelha etc. Veada e Grelo Duro alternam-se nas explicações introdutórias, onde couberem.*)

1º Caso – Senhora de 45 anos, da classe média. Dez filhos. Lésbica.

(*A testemunha, cabeça pousada sobre as palmas das mãos*) – Minha mãe era gostosa, se raspava inteira, dava pra todo mundo. Meu pai era um cornudo bestalhão e bundão. Naquele tempo não havia pílula. Teve dez filhos, três morreram. E todos puxando o pai. Depois que fugiu para o Acre com uma vendedora de carnês, uma amiga íntima dela me revelou o mistério. Como você explica as caras do pai? Ela respondeu: Só recebo gente depois que estou cheia de gente.

2º CASO – Menino mulato, oito anos e meio. Classe subproletária carente.

A TESTEMUNHA (*de bunda*) – Meu pai batia na minha mãe. Minha mãe batia no meu pai. Minha irmã mais velha tomou conta de mim. O namorado dela gostava mais de mim do que dela. Ela sempre foi legal.

3º CASO (*pretão marrudo, estivador em Santos, sessenta anos*) – Sonho sempre com a minha mãe Getúlia.

4º CASO (*mulher loira descasada. Dois filhos, cursando pós--graduação em Ciências Sociais*) – O meu orientador está ficando com a cara da minha mãe. Não vai dar certo. Vou ter de trocar.

5º CASO – Ex-hippie. Trindadeira. Trinta e um anos. Um caso dramático.

TESTEMUNHA (*usa três sutiãs negros: nos cabelos, no umbigo e nos pés. Plongé*) – Com a morte da minha mãe, fui castrada pela segunda vez. Dormíamos juntas, nuas, todas as quatro: ela, minhas duas irmãs e eu. Desde os tempos de criancinhas. Um bando de animaizinhos rindo como flores no tempo. Hoje, converso com as pedras. E só eu respondo.

6º CASO (*analista chileno meio-judeu quase-muçulmano*) – É impressionante: o pai não pinta nos sonhos brasileiros... O que se vê por aqui não é propriamente um matriarcado, mas um patriarcado complacente. Como, em princípio, o pai brasileiro é corno e/ou corrupto, e a mãe brasileira é puta e/ou moralista, os filhos preferem a putice da mãe... e o dinheiro do pai!

(*Berros espumantes variados: Imperialista! Agente da* cia *e do* fmi! *Você tem fimose no cu, seu filho da puta! Brocha bíblico! Moisés comunista do Aconcágua! Prepúcio antiturco! Corno primogênito! Veado pelo avesso!*)

7º Caso (*conhecido ator de telenovelas*) – Quando eu não aguentava mais, pensei em transar com meu pai, na base teorêmica do veado do Pasolini e do iv Wilhelm Reich – mas o velho não era de nada! Pai, pau – mãe, mão... Virei a mão!

8º Caso (*vestibulanda de sete faculdades da periferia de São Paulo*) – Minha branca de Neve, meu Chapeuzinho Vermelho, meu relâmpago-trovão fecundador da terra, sempre foi e é minha mãe, com quem durmo pelada até hoje, faça chuva ou faça sol, falte a zorra ou falte a porra, enquanto eu viva e até que eu morra!

9º Caso (*três anos e meio, família abastada, loiro precoce*) – O grito primal e a cena primeva me fazem cócegas no rego sedutor da bunda!

10º Caso – Senhor de 78 anos, ex-enfermeiro-assistente da Krankenhaus, de Viena, Departamento de Histologia Onírica.
Testemunha (*close da boca*) – Méeeeee!...

(*Apagam-se as luzes. Silêncio breve e chocante.*)

VEADA – O nosso tempo está se esgotando. Vocês acaba-
ram de ver e ouvir alguns casos clínicos cabais. Mas
há um argumento final muito forte em favor da nos-
sa tese e do nosso tesão: o significante chamado Bra-
sil não conseguiu, durante quatro séculos, chegar a
um processo de equilíbrio de nossos conflitos. Até
que um presidente, cujo nome me eximo de declinar
– intuitivamente, inconscientemente – resgatou a
homeostase fundante do objeto básico dos nossos
desejos – e criou o significante "Brasília"!

(*Soltam-se os gases dos ímpetos nacionalistas:*)

– Ninguém segura o "Brazil, my mother"!

– Honra orgasmática às nossas colegas de cama e mesa!

– Viva o Cabrasil!

– Viva Cabrasília!

– Descubrasil!

– Descubrasília!

– Puta merda, que barato!

– Degole o De Gaulle!

BRUXO 1 – Eu pensei que ele tivesse morrido...

BRUXO 2 – Não na Ilha da Santa Cabra...

BRUXO 3 – Então, deve ser de brinde: dê um gole ao De
Gaulle!

(*Os três se entreolham, coçando a cabeça.*)

(*Luz branca em lentíssimo* fade-out. *As figuras vão fi-
cando de gesso. Cai a temperatura. Um vento frio vem do
palco.*)

8. O SACRIFÍCIO

CAPONA (*cocar imponente verde-amarelo, capa rubro--negra, surgindo lentamente das trevas, ao som de* Just a closer walk with Three, *de Louie Armstrong e seus Dukes. Microfone em forma de cupeido irisado. Voz em câmaras de eco*) – E agora, o clímax da nossa reunião. Companheiros e companheiras, colegas, aí está A Coisa, o Significante Puro!

(*Enquanto o holofote destaca um campo numa passagem ao lado da mesa, a Capona desce à espera. Expectativa. A Piçuda lhe mete uma tiara de vidrilhos na cabeça. Vem do fundo um carro alegórico, constituído por uma banheirinha plástica sobre estrado com roleimãs, empurrado por Peidro e Paulo. De pé, no andor, uma Menina loira, nua, seis anos de idade, sustentada pela Veada e pela Grelo Duro, uma jogando ora arroz, ora purpurina, a outra espirrando perfume com a boca. A Menina vem sobre uma velha cortina de velulo vermelho, sustentanda nas franjas com os dentes da dupla masculinosa. A Capona a recebe como um mestre-sala de escola de samba:*)

– *Ecce Puella!* Eis o Prasser!

(*Atrás, na semiobscuridade, a Veada passa uma grana para a mãe da garota. Um garção pardo, mal-ajambrado, é produzido pela escuridão, empurrando um carrinho kitsch-colonial, com uma garrafa de champanhe em balde de gelo e uma taça flûte. A Menina faz gestos de boneca e de artista-mirim de televisão. As três lhe metem a taça na mão e com dedos e unhas gentis nos cabelos, vão vergando a sua cabeça para trás:*)

As TRÊS – Beba, minha filha, beba!... Não é remédio... É gostoso... Faz bem!

CAPONA (*estalando os dedos para a Lacanal, nos bastidores, a contrarregrar*) – Agora, os três...

(*Adentram o tablado o costureiro, o maquiador e a cabeleireira, duas bichonas maneirosas e uma negrona de botas brancas até a metada da coxa. Vestidíssimos da cintura para cima, começam a produzir a Menina.*)

CAPONA (*empolgada e apontando tudo com uma varinha de condão*) – tudo sob medida... Feito especialmente para a nossa coisinha lacaniana!... Vejam que calcinha, que gracinha!... Cinta-liga, meias roxas... soutien-gorge... batom... blush... cabelo em torre à Pompadour... sapatinhos verde lilás cintilante debruado de azul celeste, como a Olympia...

(*A Menina é submetida ao* dress-tease. *Lanternas, holofotes, lâmpadas, flashes. No ar, valsas de Chopin.*)

CAPONA (*afastando os demais e pedindo silêncio*) – Veada... Grelo... Levem a Menina para lá... Bem no meio da cama, para que todos vejam bem... (*Proclamando*) Pois este significantezinho puro é todinho de vocês...

(*Depois de alguma hesitação, atropelam-se todos em direção à Menina. Estripitizam. Canibalizam. Quem arranca um suvenir. Quem lambe. Quem chupa. Quem empurra. Quem morde. Quem baba. Quem reclama. Quem geme. Quem aperta as mãos. Quem diz: que fofinha! Quem esporra. Quem mija. Quem caga. Quem se arrasta. Quem vomita. Quem se masturba e masturba. Quem rola os olhos. Quem cafunga. Quem funga. Quem bufa. Quem fuma. Quem se pica. Quem se flagela. Quem chora. Quem se arranha. Quem ri. Quem assiste e espia.*)

XIXI-COCÔ (*de cócoras, mijando na mão e se onanizando*) – Acho que desta vez eu chego lá!

TRAVESTÍCULO (*saltando para alcançar o cupeido pendurado*) – Eu quero você! Eu quero você!

VEADA (*vomitando*) – Eu ainda vou comer a hóstia do cu do padre!

GRELO DURO – Minha fazenda por um peidinho!

SINHÁ PATO (*de língua em riste*) – O cuzinho é meu... o cuzinho é meu!

MARIA VATICANUS – É aqui que se goza!... Kuss-Kuss, vamos nós duas!...

CURALHO – Me deixa beijar essa boquinha com o buraquinho do meu cacete!

ANALGÉSICO – Volto a sentir amor!

(*Durante toda esta cena, vai soando bem alto o* Don't stand so close to me, *do grupo* Police, *que vai para* back-ground *para dar lugar às falas.*)

ANDRÉ ANDRADE (*subindo na mesa da presidência e dando um tiro com um cupeido-revólver*) – Chega! Parem!

(*Todos estacam e se afastam. Capona está abraçada à Menina, já quase sem sentidos, borrada, devestida de tudo. Frangalhos de roupas, máscaras, coisas, por toda parte. A Capona se recompõe e se deita de costas, estendendo a Menina também de costas sobre ela: corpo crucificado num corpo, pernas e braços abertos, seguros por Veada e Grelo. André, iluminado pelas lanternas, vem descendo erecto, solene, segurando os culhões e o pau. Silêncio de soluços, arrastos, gemidos, suspi-*

ros. *Foco ambulante no caralho. Uma coorte de forma bucetal em torno da Menina. André Andrade se ajoelha diante dos corpos, cospe nas mãos, esfrega no pau, lambe a xoxota da garota, experimenta com o dedo, enfia um deles no cu da pequena, cheira, pede taça de champanhe, lubrifica o pau na buceta da Capona, encosta e depois dá um arranco, deflorando o Significante Puro, suando. Gemido. Palmas. Segue trepando, ora na guria, ora na Capona, que goza, soltando um grito uivado primaldito. Gritaria exultante. Estronda um candomblé sinfônico rockado.* Fade-out *lento.*)

9. O LAMENTO

(*Os diversos fragmentos que se seguem devem ser distribuídos em* off *pelas caixas ao longo da sequência anterior, a do sacrifício, alternadamente em relação às cenas, cujos sons e falas se rebatem, ficando gestos quase mudos, com mímica eventualmente em câmara lenta e voltando ao normal quando o lamento cessa.* Timing *e* ritmo. *Acompanhamento de fundo do lamento, alternadas: a primeira parte do adágio do* Quinteto 163, *de Schubert, e a* pavané, *de Ravel.*)

VOZ DA MENINA – Capona Canídia! Pelos deuses que do alto governam a terra e os homens, que tumulto é esse? E essas caras violentas que me espreitam? É um túmulo? Não me olhe com esses beiços de bestafera madrasta trespassada por uma lança ejacular!

– Pobre de mim!... Tiraram-me a roupinha nova e agora rasgam a minha fantasia... Nu, o meu corpinho delicado... Até o coração do deus feroz dos lobos famintos ficaria amolecido!...

– Capona Canídia, perfumista fedida do Cão e do Vulcão!... Com essas víboras enroladas nos cabelos, em lugar de pérolas, tranças de bosta da inveja... Com os ramos do cinamomo roubados das covas... Com ovos tintos de sangue de sapas pavorosas... Com plumas de mochos noturnos... com ossos arrancados da goela de uma cadela moribunda... você que quer atrair o amor que fugiu para sempre!...

– E você, Veada maldita, que ergue a saia de trapos sujos para mijar o mijo infecto das águas do inferno...

– E você, Grelo Duro, que me crucifica, carne sobre carne, no corpo impuro de sua chefa, com as unhas porcas dos músculos podres dos defuntos...

– E você, principalmente, Grana Louca, vampira gorda do trabalho dos campos e das cidades, que arranca o amor e o respeito humanos dos corações, assim como quem desloca do céu o sol e a lua...

– Eu amaldiçoo vocês, putículos da vida! Com a força do futuro do meu sangue e com a fúria da deusa justiceira da mulher-verdade, juntas com o sopro da maldição de quem agoniza e que não pode ser desfeita por nenhuma outra vítima de sacrifício – eu amaldiçoo vocês todas e todos os seus monstrinhos dos prazeres escuros!

– Eu voltarei, para rasgar-lhes as carnes com as minhas garras postiças de aço... Eu voltarei, para pesar como chumbo nos seus peitos chatos durante o sono...

– A multidão correrá vocês a pedradas, de rua em rua, feiticeiras sem vergonha nem pudor... Os vira-latas dos cemitérios da periferia terão nojo dos ossos de vocês, insepultos, rolando como pedras sofredoras, ao sol e à chuva...

– E os que vierem depois de mim cantarão e dançarão os tempos puros... Em lugar de suas nauseabundas beberagens, beberão o luminoso vinho transparente do amor do sangue da vida!

– *Venena maga non fas*
  Venena maga non fas
    Venena maga non fas!

10. A DANÇA DAS VELAS

(*Ref. Emil Nolde:* A Dança das Velas. *Possuídos, começam a dançar a dança das velas: nus, de saiotes, com ou sem máscaras etc. Base: dança de cócoras e saltos para o alto. Quanto ao mais: frevo, rock, reggae, disco-music etc. Atos, ideias, sentimentos, bebidas, drogas, laxantes e diuréticos surtindo efeito. Baixaria e porralouquice. Peidro e Paulo vergastam os possessos. Canto:*)

Quem caga não paga
Quem paga não caga

É maga quem caga
(Sou mago pois cago)

Perdão pra quem peida
Quem peida, perdão
(Não cague na mão)

Bom bom mau mau
Não cague no pau

No fundo no fundo
O bom é o imundo
Cagando no mundo

(*Coro das velas:*)

Eu entro e não saio
Eu queimo mas saio

Que eu mais fedido
Eu entro mas tiro

Que buceta torta
Eu entro mas saio
        E fecho a porta

Que boca sabida
Tem outra à saída
            Mais divertida
            Invertida

Que mão salomão
Ela é glande
        Vê tudo
        Veludo

Que tetas que odres que figos
        Vejo porra
Escorrendo
Em umbigos

Que bunda que cracatoa
        Chega acabei

Você vai eu fico
Burrico
E ser rico
Riem à toa

(*Todo mundo acaba rolando, se empilhando e cantando em coro e corpo. A música deve dar essa ideia de gente que se amontoa, de cachos de bananas, uvas, bostas...*)

11. OS BANHOS

(*Chuveiros enfileirados, como de banheiros desportivos, e uma banheira plástica inflável. Diálogo-dueto entre ambos os grupos. A Menina e sua mãe também são engolfadas. Borrifos gerais de sabonetes, gritos e espuma. Pajelança eugênica. A luz varia, a água esquenta e esfria. Gritos, cantos e gestos sobem e descem. Pula-se, nada-se, purga-se. Efervescência colorida de sal de fruta, purgação, limpeza, esfregação. Uma continuação da dança, oxímoro.*)

BRUXO 1 – Quanta bunda branca!...

BRUXO 2 – ... E alguma anca preta...

BRUXO 3 – ... E quanta pura buceta!

BRUXOS 1 E 3 – Segura a punheta!

BRUXO 1 – Isto parece o Ganges do Rio...

BRUXO 2 (*entoando*) – Minínu du riu...

BRUXOS 1 E 3 – Gosto muito de você, língua portuguesa errante!

BRUXO 2 – Os odaras sabem mais do que o filho do Jacó sabe!

Bruxo 1 – Sabão ou sabonete...

Bruxo 3 – ... quem é você?

Bruxo 2 – *Il mio mistero è chiuso in me!*

(*Todo mundo gritando hindumentariamente, em lugar de "Om": "Abracadabra Bom". Música astrológica do terceiro milênio. Felicidade geral. Vampiros com rosas entre os dentes.*)

12. A FESTA

(*Reunião social. Personagens com seus nomes civis. Entre debutante, deputante, hippie e punk. Sorveteneon. Musak:* Blowing in the wind. *Burburinho. Mulheres de vestidos vaporosos, na moda ou fora dela. Em rápida sucessão – si-multaneidade – pessoas isoladas ou grupos pequenos entram em foco, rebatendo-se para o fundo os demais, que sofrem* freezing *de gesto e fala:*)

– Você esteve ótima, Tininha! E você viu a reação dela? Parecia a própria presença da ausência!...

– Também, tenha dó, né Bel... Depois do que ela me fez! Quase *stragou* a minha exposição!

– Paulinho, meu querido! Estou com você... e abro! Ouviu bem o que eu disse? Abro, um anagrama-palíndrome de "obra"... Você tem que publicar a sua análise: ali-mestão prazer do texto... e do testículo!...

– Aninha, você viu que coisa mais incrível!

– Ah, mas foi, só foi... Um tremendo de um sucesso! Você pensa que é fácil organizar uma coisa dessas?

– Tudo menos isso, Zeca. Quem ela pensa que é?

– Calma, menino. Ainda não é hora de fazer sombra...

– Mas é evidente que o inconsciente narcísico é um signo feminino! Se Eva fosse canibal, teria devorado Caimabeladão – sem falar no Aníbal e no próprio Cão! Se Lacan tivesse conhecido Peirce, não teria se enroscado no seu logocentrismo galobúlgaro saussuriano e teria percebido, por uma simples perfuração de bala no envelope de uma curta carta transviada, que um significante não é um signo meramente em busca de um significado, ou na posição de negatividade de um significado – vazio e cheio, a um só tempo. O significante é um signo que, sempre, cria e busca o gozo, dialeticamente. É um signozo! O inconsciente mal fala, ou fala mal. Ou solta vagidos vaginais. É o único signo absoluto. Sendo absolutamente irracional coincide com o seu oposto e antagonista, o Interpretante Final, de Peirce, o interpretante científico pós-Deus. Ele é possibilidade e argumento – quase uma impossibilidade! Daí que o signo chamado Inconsciente, não é um signo – mas uma Signa! (*Empolgada com as próprias palavras, sai dançando isadoramente, nas pontas dos cascos das unhas dos dedões.*)

– Você acha que eu vou passar nas provas?

– A Bahia pensa que está em Londres – mas está em São Paulo!

– Você já pensou? E se a gente ficasse incomodado pelo cu?

– Lúcia Helena, há quanto tempo? Por onde você andou? Ontem mesmo eu estava lendo um xerox daquele seu trabalho. E o seu interesse pela redação em massa? Você abandonou a pesquisa?

– Estou na pior, minha filha. Em Sertãozinho, não há Guimarães Rosa.

– Sílvia, minha filha, vá devagar com o andor... Você hoje estava praládibaguidá!

– Marilyn, meu bem, sirva os salgadinhos.

– É muito silicone pro meu gosto...

– Puxa, Marley, finalmente consegui aquela bolsa!

– Até que a mulherzinha do vice deu uma mãozinha, não é mesmo?

(*Mais alguns cacos podem ser incluídos, dentro da tradição da chanchada brasileira. Obter algo de coro, entre as falas em foco e o murmúrio geral. A luz esmorece. Antes de apagar-se, ouve-se uma última fala de mulher:*)

– Ela me paga!

13. O SÚCUBO

(*Ao* fade-out *da festa-coquetel, que pode desenrolar-se na metade direita do palco, segue-se um* fade-in *focado da Menina adormecida no berço-banheirinha. Tem fitas tricolores [azul-branco-vermelho] nos cabelos e na cintura; verde-amarelas nos pulsos e tornozelos. Está lavada e nua. Do escuro, surge a mãe, cautelosa, cabelos e vestido escorridos; empurrando o berço-andor, leva-o para a frente e para a esquerda do palco, lentamente. Sons distantes da festa. A dois terços do percurso, na obscuridade, forma-se um ectoplasma ouro-verdolengo, que se agita lentamente, adquirindo formas diversas, sugerindo signos de montanha, bola, cruz, pênis, vagina! O Súcubo fala alto e assustador pela voz de contralto das caixas. A mulher estaca, apavorada.*)

O súcubo – Aonde você pensa que vai? Só eu posso salvar a sua filha. Ajoelha, mulher – e chupa!

(*A mulher deixa o carrinho-banheira ao lado e obedece. Ruídos salivares. Aos poucos, rebaixa-se este foco de luz, crescendo a luz sobre a menina. Ela se vai erguendo devagar, como em levitação, boneca de carne ressurrecta. Começa a soprar um vento que agita as fitas. Sons eletrônicos pulsando. De olhos fechados, a menina vai ficando em pé, fazendo gestos lentos, vários, simbólicos: cobrindo os seios e o púbis, como Vênus; erguendo o braço direito com o punho cerrado; em atitude de A Liberdade Conduzindo o Povo, de Delacroix; com ambos os braços levantados, mãos abertas, como a Vitória, de Samotrácia; como quem atira de revólver, fuzil, fuzil-metralhadora; como quem lança coquetel Molotov; como quem oferece o peito, os braços para trás etc. Então, do lado direito, acende-se outro foco acompanhante: um menino moreno, nu, cerca de sete anos, vai saindo das coxias e atravessa a cena, puxando uma grande cobra por uma coleira. Pára diante da menina. Dá uma cutucada nela. A menina abre os olhos. Ele a toma pela mão. Os focos se fundem. Saem pela esquerda, vai-se apagando o foco com a saída da cauda da cobra. Permanecem o Súcubo e a mulher. Ruídos de chupação.*)

FADE OUT FINAL

notas visuais

P. 49 "... no hipogeu-tumba das léloas tarquínias..." – Casal reclinado: Sarcófago etrusco, século VI a.C.

P. 49 "… la queue du paon dans ma langue, diria l'autre con…" – Toulouse-Lautrec: *O Saldo.*

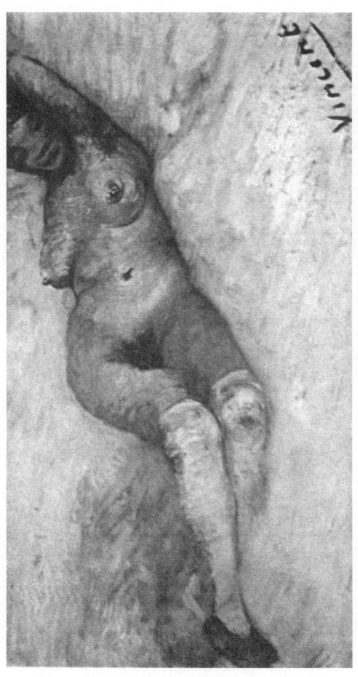

P. 50 "... experimenta aquela da negrata roaz do holandês, meias brancas até meias coxas..." – Van Gogh: *Nu Reclinado*, 1887.

P. 50 "... quatro peitos a peitos, montanhas brabas de coxas dormindo seus buracos..." — Coubert: Sono.

P. 125 "Esses braços direitos que caem na vertical..." – Sandro Botticelli: *Pietá*.

P. 126 "... o olhar e gesto ambíguos em relação ao sujo e quase repugnante soldado da esquerda;" – Caravaggio: *Ressurreição*.

P. 140 "Possuídos, começam a dançar a dança das velas:" — Emil Nolde: *A Dança das Velas*.

biografia*

Depois de nascer em Jundiaí e viver 25 anos em Osasco (SP), quatorze dos quais viajando diariamente pelos trens de subúrbio da Estrada de Ferro Sorocabana, decidiu mandar-se para outras partes, europeias, não sem antes despedir-se de Oswald, já então escalpelado, de boina, a poucos meses do fim. Em Paris, Boulez o convidava para um almoço quinzenal. Passou uma tarde inteira perambulando com Cage pelas ruas do Quartier Latin, à procura do atelier do pintor Matta. Em Merano a filha de Pound o acolheu num castelo, onde quase morreu enregelado. Estava em Avignon, saboreando um *citron pressé* à calçada de um bistrô, manhã de primavera na Provença, quando soube do falecimento de Einstein. Embarcado em Nápoles, foi o

---

* Optamos em manter a Biografia da edição original sem alterações, pois o texto foi redigido pelo próprio autor. (N. do E.)

único passageiro desembarcado em Barcelona, depois de passar três dias no convés, declamando para si próprio, de cor, o *Après-midi d'un faune*. Em Sevilha, depois de averiguar a poesia que pretendia fazer, João Cabral de Melo Neto aconselhou-o a seguir a carreira publicitária. Em Lisboa, já de torna-viagem, Azinhal Abelho, do Teatro Trindade, livrou-lhe a cara num atraso de pagamento na Pensão dos Imigrantes, que o destino o tenha e guarde. Na travessia do Atlântico, a bordo do *Castel Bianco*, em terceirão, apaixonou-se por uma italianinha oxigenada *en-bonpoint*, que fora seduzida por um industrial argentino e que só queria dançar ao som de *Anima e cuore*, na voz de Luciano Tajoli. De novo em solo pátrio, não deixou barato: comeinicamente, pôs-se a castrar o lirismo nacional, ofício que exerceu com algum prazer durante cerca de duas décadas. Em compensação, criou no computador o nome LUBRAX, para uma linha de óleos lubrificantes, bolou a nova marca do MOBRAL e foi co-fundador da Associação Brasileira de Desenho Industrial. Em consequência, Roman Jakobson o convidou para ser também co-fundador da Associação Internacional de Semiótica, em Paris. Trabalhou em várias agências de publicidade, nácis e múltis, e teve duas próprias: na segunda, a $E = MC^2$, pôde criar o que quis, sem perder dinheiro. Realizado artisticamente nessa área, ouviu a voz da prudência, que era o Oswald outra vez ("Eu ensinaria até o que não sei"), deliberou voltar-se inteiramente para a vida acadêmica. Sua primeira tentativa séria nesse sentido não logrou êxito: foi expulso do *campus* da Universidade de Brasília, pela polícia federal, junto com o Rogério Duprat, o Cozzella e mais duas centenas de

outros mestres. Doutorou-se, livre-docenciou-se, titulou-
-se, publicou-se e foi publicado, inclusive em línguas ou-
tras. Foi o primeiro poeta brasileiro a falar bem da televi-
são, coisa que não sabe se ousaria fazer de novo. Agora,
sempre guiado por espíritos de luz (Horácio e Mallarmé),
está montando o Sítio Valdevinos, 100 km N de São Pau-
lo, às margens do Jaguari, onde sonha poder levar a cabo
uma obra ficcional de vulto, se o permitirem a Justiça, a
Polícia e um certo vizinho que está de olho gordo em sua
propriedade e seus bens. Acha que talvez tenha feito meia
revolução na poesia, almeja fazer mais meia: na prosa. No
País da Geleia Geral, quem já conseguiu fazer uma inteira?

lista das obras do autor editadas pela ateliê editorial

Céu de Lona

Contracomunicação

Informação. Linguagem. Comunicação

O que É Comunicação Poética

Poesia Pois É Poesia

Semiótica & Literatura

Semiótica da Arte e da Arquitetura

Teoria da Poesia Concreta – Textos Críticos e Manifestos (1950--1960) (com Augusto e Haroldo de Campos)

Terceiro Tempo

Viagem Magnética

Pudera, o pintassilgo cantara no rabo-de-gato do portão do número 25, onde viviam os Pignatari, quando o Jaraguá se pôs a dizer às chaminés da Cerâmica que o que a Quina tinha feito não era coisa

24 anos, testa já e
castanhos cabelos
sócio no negócio, i
precisamos fazer v
armado: proscênio
À direita e à esque
a porta nobre, ao
o lugar de trabalho
três máquinas de c
de corte, balcão; u
prateleiras para as
Atrás desse atrás, p
de porta sem porta

ndo pelos
, disse ao Arlindo,
o da Julieta:
as. Ficou tudo
lco, bastidores.
, manequins;
ro; então,
icina, atelier:
ra, uma bancada
divisória de
ças de tecidos.
um vão de batente
coxias, onde se

título	O Rosto da Memória
autor	Décio Pignatari
editor	Plinio Martins Filho
produção editorial	Aline Emiko Sato
projeto gráfico e capa	Gustavo Piqueira | Casa Rex
revisão	Vera Lucia Belluzzo Bolognani
editoração eletrônica	Camyle Cosentino
formato	14 x 21 cm
tipologia	famílias Glosa Text e Futura
papel	Pólen 90 g/m²
número de páginas	168
impressão	Gráfica Vida e Consciência